MISHIMA YUKIO

三 岛 由 纪 夫

作品系列

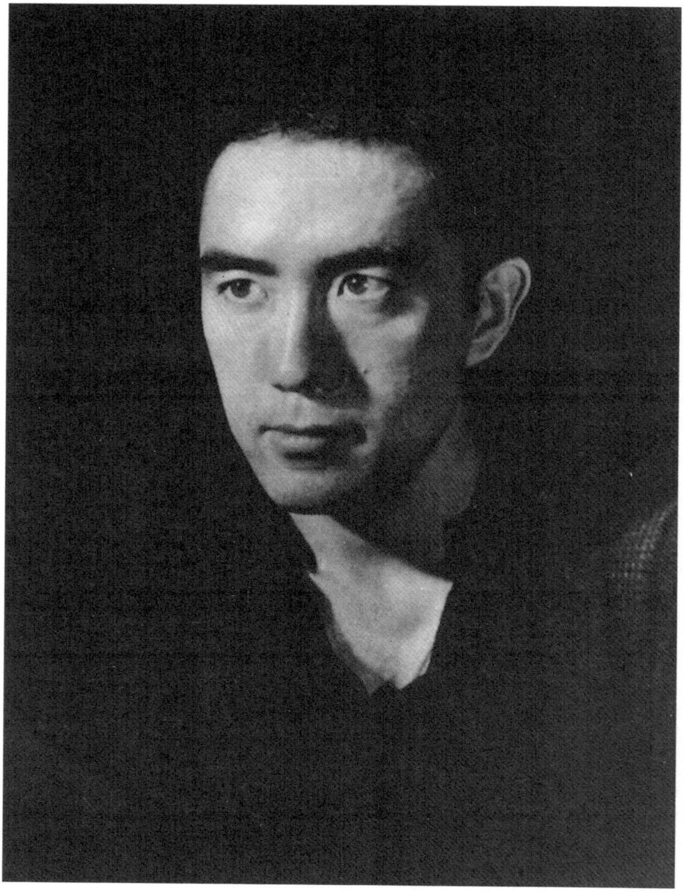

兽之戏

译者=帅松生

MISHIMA YUKIO
三 岛 由 纪 夫

上海译文出版社

序　章

难以想象这张照片就拍摄于最后惨剧的数日前。三人的脸上全都显露出极为平和愉悦的神态，看上去似乎在说：这就是相互信任之人的表情！照片洗好后立刻就被赠送给泰泉寺的和尚。和尚至今依然精心保存着它。

三人伫立在建有船具仓库的码头上。在夏季烈日的照射下，海水从下方将光亮反射到他们身上。草门逸平穿着白底碎纹布浴衣；优子穿着白色连衣裙；幸二则是白色T恤配着白色长裤。在这清一色白色装束的衬托下，唯有晒黑了的脸颊凸显出来。画面鲜明倒是毋庸置疑，却给人以焦点有些模糊的感觉。这也难怪，因为当时是托船老大在小船上拍摄的，再怎么风平浪静，也难免有些轻微的摇摆。

这里是西伊豆一个唤作伊吕的小渔港。码头位于深湾的东侧。在与山峦接壤的西侧，海湾又探出几个小小触角，各自被群山环绕。那里坐落着小规模造船厂、储油罐、两三栋收藏着缆绳及其他船具的仓库等建筑。无论是从工厂到储油罐，还是从储油罐到仓库，均无陆路可行，往返只能靠船。

三人乘小船出港后为拍照而登上的地方，就是那个建有仓库的码头。

"那里不错嘛！就在那儿拍一张吧！"

优子在船上撑着阳伞，尚在远处便指着岸上说。

八月的休渔期已大体上宣告结束。很多渔船都已开始出海，驶往北海道三陆方向去捕捞秋刀鱼了。与一周前相比，港内船只的数量已经减少了许多。于是小小湾口的海面，变得豁然开阔起来。

离开的不只是渔夫，归来休假的自卫队队员阿清、帝国乐器厂的女工喜美，也与出海捕捞秋刀鱼的松吉一样，离开了故里乡村，返回滨松了。夏季短暂的浪漫，就此全部宣告终焉。那把琴身上刻有英文字母的崭新的尤克里里琴，眼下理应被抱在自卫队宿舍中的阿清膝上。

——幸二搀扶着逸平，三人攀上了建有仓库的码头。于是，那片正在遭受秋老虎烈日暴晒的混凝土区域迄今为止所保持的微妙秩序、那种与人类毫无关联的物体所特有的富有诗意的排列方式，看上去似乎立刻就被打乱了。

仓库前用竹子搭成的晒网架和胡乱悬挂在上面的渔网，刚好构成了风景的自然画框。横陈于地的桅杆、透迤着的船缆……这所有的一切，无不静谧地显示出航海的痕迹，以及剧烈体力劳动后的休憩场景。静寂日光中的微风气息、涂着淡蓝色油漆的仓库大门、各栋仓库间高高生长着的芊绵夏草、攀结在草丛中的蜘蛛网。从混凝土罅隙中钻出的白色荒地野菊花秀美盎然。泛起红锈的铁轨断片、锈迹斑斑的钢索、鱼槽的盖子和小梯子等，不一而足。

那里静得吓人。三人伫立俯瞰的海面上，幽然倒映着云翳与山影。靠近岸壁的海水尤为清澈，穿梭于海草间的小鱼群清晰可见。夏季的白色云影，在岸边变化万千。

优子在走过地面上已被晒干的渔网时发现：发出炫目反光的混凝土上，洒落着若干疑似血迹的斑点，于是不由得停住了脚步。幸二立刻察觉到这一点，遂开口说道：

"没什么，那不过是一些油漆罢了。是在涂抹什么东西时滴落下来的。"

说来那不过就是一些印度红的油漆斑点而已。而当优子神经质地晃动手中的阳伞，导致伞影掠过那些斑点时，油漆的滴痕就变成了暗红色。

"在那里拍就行啊！"

年轻的幸二，貌似主人一般，指点着逸平和优子并肩伫立在第一仓库前。优子抱怨渔网遮住了下半身。

"这样才好呢！这样拍才有艺术感！更何况我们就是三条被渔网网住的鱼呀！"

幸二粗鲁地说。随后便把相机从肩头取下，开始对焦。

幸二说得没错！优子想。三个人就是被罪过之网网住的三条鱼……

并肩伫立之前，逸平的脸上一如既往地浮现着微笑，一如既往地任人摆布着。

虽然身材瘦削，但端庄脸庞上的气色看上去很是健康。除了行走时右脚有点跛以外，那难以形容的慵懒举止，甚至时时显露出一股优雅的气质。这个四十岁的男人，承蒙妻子的精心照料，甚至干净到了脚趾缝里。细看那抹始终挂在他脸上的微笑就能明白：做出这副表情实属无奈，因为某一事由正在困扰着他。妻子优子虽已尽力照顾他，但不知为何，按逸平身上的浴衣穿法和腰带结的松紧程度，衣服似乎马上就要脱落下来。与其说是身体尚未习惯衣物，莫如说逸平根本就不想穿它。因此便给人以一种身体与衣物各奔东西自行其是的感觉。

优子一边支撑着丈夫，一边眯缝着眼睛将脸庞转往相机方向。那张被太阳正面照射着的脸，失去了起伏，恍若一块呆板的白色镜面。

优子是圆脸庞。与她随和美丽的脸蛋相比，唯有嘴唇显得有些单薄。虽然靠化妆似乎可以遮掩住所有的烦恼，但那张因燠热而喘息着的嘴，还是给人以一种正在悄然吐出某种无形烦恼的感觉。也就是说，优子天生就不擅于掩藏烦恼。那大而润的眸子、那丰腴的脸颊、那柔软的耳朵，乃至那抹回报给幸二的无忧无虑的微笑，从某种意义上来说恰恰都是烦恼的证据。只有无论如何都寻觅不到倦意这一点，说明优子拥有战胜烦恼的坚韧毅力。

"还没好吗？"

优子一边折叠手中的阳伞，一边以一种天生的、含混不清的娇媚声音问道。这声音能使人联想到充满腐败花朵的小屋内令人窒息的气息。

幸二从码头上伸出手去，把相机递给船上年事已高的船老大定次郎，并教他快门的操作方法。黝黑、半裸，只穿了一条短裤的定次郎，以搜寻水族箱内鱼儿的姿势将其缠着毛巾的脑袋俯在相机的取景器上。

幸二身手敏捷地飞奔到伫立在仓库前面的夫妇身旁。那动作使他身着白色 T 恤衫和白裤的身姿，看上去就像是一根钢丝被弯曲后弹了过去。来到优子身旁后，他便极其自然地把手环绕到优子光滑的肩上。于是优子为照顾丈夫的感受，也颇为自然地把左侧丈夫的右手搭到自己的肩头。

"好晃眼啊！"幸二说。

"再忍受一下就好！"

"是啊！再忍受一下就好！"

优子温存地莞尔一笑，一边努力使被拍摄的面容保持完美的形象，一边薄唇轻启道：

"要是坟墓也能像现在这样，三个人的并排建造，那该有多好啊！"

或许是没能听清这句话，两个男人并未回应。

在眼下的船上，定次郎依然认真地端着相机。为了抵抗船身的晃动，他的双脚正在努力站定。老渔夫肩头的肌肉因为用力鼓了起来。那团肌肉在太阳的照射下看上去闪闪放光。

周遭很是静谧，却因涛声细碎地充斥在空气中，导致三人并未听到快门的声响。

伊吕村虽是一个不折不扣的渔村，但靠山的东侧也有少许田地。走过邮局不远后，房屋即告绝迹。道路经由田间，笔直地延伸到村社[①]。于途中右转，便可通往建于山腰的新墓地。唯一的一条道

---

① 神社的旧等级之一。位于乡社之下，无格社之上。

路随着山势越来越陡。

一条小河流过建有墓地的山脚。坟冢沿河始建，层层叠叠直至山腰。越是处于低处的坟冢，石料越大，造法也越是讲究。从那里开始，道路变作一条石子密布的小径，从一列列墓穴前蜿蜒攀升。墓前的石墙已经开始坍塌，夏草强韧的根须顽强地扎在颓坏的石缝中。一只蜻蜓伫立在灼热的石上，伸展着干燥的羽翅，标本似的一动不动。不知从哪儿飘来一股宛如药物的气味，原来是花筒里的水馊掉了。此地并不使用竹筒或石筒，大都是将大茴香的枯枝插进半埋于土中的酒壶或啤酒罐中。

在夏日垂落之前登到此处，若能够忍受住蚊群的袭扰，这里便是眺望伊吕村全景的最佳处所。

在眼下碧绿稻田的对面，可以看到泰泉寺。在更远一点朝南的山腰上，目前无主的草门温室的破碎玻璃窗正在闪闪放光。可以望见它侧面无人居住的草门家的瓦顶。

一艘黑色的货船，正在通过灯塔前方，驶向西侧的伊吕湾港口。它大约是来自大阪的小货船，从土肥的矿山运送矿石，暂泊于伊吕港内。货船的桅杆静静地滑过鳞次栉比的屋顶对面。比灯塔的光还要冷漠明亮的黄昏的海面，从这里望去只不过是一条细长的带子而已。

村落中某户人家的电视机声清晰入耳。渔业公会扩音器播出的声音，在四周的山谷中回荡不已。

"'小仓号'的船员注意了。明日早餐后，要做开船的准备工作，届时请马上过来！"

……随着夜幕的低垂，灯塔闪烁的亮光渐次增强。墓碑上的字变得依稀可见。要在错杂的坟地一隅找出草门家的墓并非易事。泰泉寺的和尚不顾大多数村民的反对，使用受托的款项，遵嘱建造了坟墓。三块小小的新墓碑极为卑恭地屈居于山腰的浅凹处，右边是逸平的墓，左边是幸二的墓，中间是优子的墓。即便是在薄暮中，也只有她的坟看上去小巧可爱。名义上虽是坟墓，却只有她的墓是活人冢，故而戒名上嵌入了红色。

然而这红字依旧相当鲜艳。当周遭暮霭低垂时，在白色的墓碑群中，只有它看上去就像是往日涂抹在优子薄唇上的浓艳口红。

第一章

　　幸二在琢磨洒落在游廊上的那片刺眼的日光。那日光透过通往浴池的游廊窗户洒落进来，犹如一张铺开的白色光面纸。他喜爱这片日光，质朴而又炙热地喜爱着。他不清楚自己为什么会喜爱从那种窗口洒下的日光。那是一种恩宠，神圣无比，而且支离破碎的，就像是一具被斩杀了的幼儿的苍白尸体。

　　——幸二凭依在上甲板的栏杆上，觉得很是不可思议：眼下自己周身悠然沐浴着的这片初夏的丰沛朝阳，在这一瞬间竟然与远处那抹被割裂得支离破碎的宝贵日光紧密相连。难以相信这片日光与那片日光并无本质的不同。徜徉在眼前这普照万物的日光中，能否像拖动一面巨大而又熠熠发光的旗帜时，拖动旗帜的指尖不知何时就会触碰到冰冷散乱的旗穗那样，触碰到那种日光坚硬而又纯洁的穗尖呢？而那神圣的穗尖是否就是日光的终极尽头？抑或那穗尖，实际上就是眼前这丰沛日光的遥远源头？

　　幸二乘坐的船，是从沼津出港、围绕西伊豆航行的"第二十龙宫号"。上甲板的背靠背长椅上，零零星星地坐着几个人。帆布遮篷正在迎风嘶鸣。岸上耸立着黑色城堡般的奇岩怪石。天空上高高飘浮着散乱耀眼的积云。

　　幸二的头发尚未长到可以被风拂乱的长度。那张周正紧凑却又略含古代武士气质的面孔，尤其是单薄的鼻子等器官，让人觉得他的感情似乎容易被别人控制。然而这副面孔又是一张可以隐匿的面孔。心情好的时候他就自忖：我长着一张做工精巧的木雕面具似的脸孔。

　　顶风吸烟的感觉并不怎么好。烟草的香气和品味的妙趣，立刻就会被风从嘴边掠走。然而幸二却烟不离口，一直抽到舌头失去味觉、后脑勺就要出现令人不快的恍惚感为止。自上午九点半离开沼津后，也不知抽了多少根。

　　他的眸子忍受不了海水炫目的摇曳。外界广阔的风景，只不过是其双眼无法掌控的，一大片相互关联、灿烂无比的淡漠景物罢了。幸二再度思索起那扇窗下的日光。

　　……支离破碎的那片日光。先是被黑色的十字切成四块，然后每一块又被纵向割成四份。没有比观看灵验的日光被切割成这样更为残忍的事了。

　　虽然幸二喜爱这片日光，却总是混在人群中，从日光旁疾步走过。走过那里以后就是浴室。他们先是在入口前排队等候。从浴室内每隔三分钟就会传来阴沉的铃声，同时就会响起嘈杂的哗哗水声。那浑浊而厚重、响彻耳畔的声势浩大的水声，忠实地反映着浴室内黏稠的热水宛若枯叶般浑浊的颜色。

　　在宽大的更衣室入口处，房边的地板上用绿漆横写着两行①至⑫的号码。二十四个男子，并肩坐在那里排队等候。三分钟一响的铃声。嘈杂的水声。间或传来的冲洗处洗浴者的滑倒声和一旦迸发后就会戛然而止的笑声。三分钟一响的铃声。等候的男人们齐刷刷地把衣服脱下并塞进隔板里,接下来便站到面向浴室入口的两排号码上。号码的油漆是黄色的。

幸二清楚地看到自己赤裸的脚掌正好满满地占据着写有油漆号码的圆圈。三分钟前站在这同一地点的伙伴,眼下正浸泡在浴池里。从浴室内飘逸出来的热气,朦胧地缠绕着幸二赤裸的躯体。自己胸膛下方的肌肉、盘踞在那里的寥寥可数的胸毛、扁平的腹部、腹下被凌乱浓密的阴毛所包裹着的阳具。那根萎蔫下垂的阳具。幸二觉得它看上去就像是被淤塞小河杂乱漂流物包着的一具鼠尸。他在心中自忖:这就如同用透镜将太阳的光线聚在一起形成一束光点那样,我已经集世间耻辱于一身,获得了这根略显肮脏的柱状物体。

前面男人丑陋的屁股。随时可见的都是一些赤裸的脊背和屁股。眼前的世界已经被长着疖子的丑陋脊背和屁股封死。那扇门无法打开。那污浊的肉体之门难以开启。……三分钟一响的铃声。哗哗作响的洗澡水声。众多的脊背和屁股在晃动,一齐扎进浴室的热气中,跃入细长巨大的浴池里。连同脖颈一起浸入那散发着温热臭气、浑浊黏腻的热水中后,大家的眼睛全都紧紧地盯着值班看守桌上的沙漏计时器。三分钟内,由辰砂汇成的纤细砂流会在升腾的热气中忽隐忽现。入浴、冲洗、再入浴、出浴……"入浴"的字上亮着红灯。

幸二对那个沙漏计时器印象尤深。当热水的臭气黏缠于周身时,他立刻就会想起蒸汽彼侧的那缕纤细的辰砂瀑布。那辰砂挤过狭细的玻璃瓶腰部,心无旁骛地持续落下,无休止地坚着自我丧失，其状静寂得出奇。浮现于污浊热水中的二十四颗人类的光头。男人们认真的眼神。浸泡于热水中恍若动物一般的认真眼神。……对了，在监狱各处不足为道的微小景色里，不可思议地存在着清澄的神圣物体。那个沙漏计时器就很神圣。

沙已泻尽。值班看守摁下了按钮。铃声再次阴沉地响起。那些服刑人从热水中齐刷刷地站立起来，众多濡湿了的毛茸茸的腿踏到竹箅上。那个蜂鸣器的铃声，毫无神圣之感……

——船鸣叫了两声汽笛。

幸二往操舵室方向走去。隔着玻璃门，他看见一个身穿蓝色牛仔裤和半长筒胶鞋的年轻人，正在一边转动磨得铮亮的黄铜舵轮，一边用另一只手去拽动从天棚垂吊下来的白色绳索的把手，拉响了汽笛。船即将调头驶入宇久须港内。

横卧于眼前的长长的灰色城镇。圆形山头上的鸟居[①]看上去只是一个红色的点。港口内一台矿厂的卸货起重机，正在朝炫目的海面伸出它的臂膀。

我是一个悔悟的人！一个脱胎换骨的人！幸二想。他恐怕已经反复思考过几千遍几万遍。是一个无时不以相同的韵律、无时不以相同的回声念出的咒语："我是一个悔悟的人……"

幸二以为映入眼帘的西伊豆海岸风景之所以如此清新，亦是因自己的悔悟所致。为了认同风景本身的清新，葱绿的群山与云朵，在他的眼里已近乎与现实完全脱节。因此，他更容易相信这是因为

---

① 日本神社入口处所建的大门，用以表示神域，一般为朱红色。

他以悔悟的眼光欣赏所致。

　　这件事发生在某日。在监狱的四壁内，在被铁栅围困的牢狱房间里，一个细菌似的观念盘踞于他的体内并立时繁衍开来，导致其体内被悔悟满满地占据。汗也是悔悟的汗，尿亦是悔悟的尿。幸二相信：自己年轻的躯体所散发出来的气味，亦变成了悔悟的气味。那是一种冰凉、阴沉但又不知何处闪烁着澄澈的光，因而反倒具有了性感的气味。是悔悟这一野兽巢穴里的气味。

　　——驶出宇久须的船，开始向那片已初具黄金崎①海岸风光的地域逼近——岸上的泥土渐次泛出黄色，苍翠的松树零星点缀着那片地域。幸二走下舷梯，朝船尾走去。一名船员在那里钓鱼玩，周遭聚集着几个孩童。

　　他先把天蚕丝拴到钓钩上，再系上麻绳，然后抛掷到远处的海里。天蚕丝刹那间在空中迸散出光芒，而后便沉入水中。片刻后，一条黑鲔鱼被钓了上来。这条与大鲹相似的鱼，被拽过来时身体碰撞着水面，坚硬的鱼腹与坚硬的水面，多次金属般的碰撞令人心烦……

　　幸二已经没有心思去观看那条被船员钓出水面并抓在手里的鱼。

　　他把目光移向大海。船头左侧，已经能看到黄金崎那暗棕色的赤裸断崖了。高高的日光自断崖上径直倾泻下来。山坡上微小的起伏都被阳光填满了，看上去恍若一枚平滑的金板。断崖下方的海面格外碧绿。奇异的尖锐岩石交错耸立。周遭澎湃涌起的海水，在撞上岩石后形成白色的千丝万缕，从岩石的各个角上倾泻下来。

---

① 位于静冈县西伊豆町，是观赏夕阳的胜地。

幸二在看海鸥。了不起的鸟儿！"我是一个悔悟的人……"幸二再次自忖。经过这里以后，"第二十龙宫号"又沿着海岸边的航道专注地朝着下一个港口伊吕驶去。

左侧已经可以望见伊吕湾口的灯塔。

从灯塔旁进入狭长海湾，这一路的景色——伊吕的港口、岸上的房屋以及山林等，看上去宛如一幅纵向拼贴到一起的呆板画作。这幅画过于浓重凝固，甚至令人觉得很不自然。但是，随着船舶驶入湾内，那幅凝固的画面，就像被浇注热水后融化了一般，碎冰塔、制冰厂、火警瞭望台以及各家各户的屋脊之间，眼看着增加了距离感，远近渐次可辨。海湾耀眼的水面也变得开阔起来。码头上混凝土的白色反光也不再是一条凝结的白蜡色线条了。

在与接船的人们稍稍隔有一段距离的仓库屋檐下，低垂着一把天蓝色阳伞。他难以相信自己渴盼已久的幻影，竟会与如此明快可爱而又小巧的天蓝色形象相连接。他所渴盼的颜色按理说不应该是天蓝色。倘如此，那就是悔悟的颜色……

幸二完全理解优子撑着天蓝色阳伞前来迎接自己的意义。

两年前的夏季某日，优子也是撑着同一把阳伞。在夏日的医院前院，两人发生了争执。并无情欲的男女幽会。继而是近乎沉默的晚餐。后来幸二突然获胜。优子屈服了。夜晚九时便发生了那个事件……但是，无论回想多少次，在优子撑着天蓝色阳伞与幸二散步的白昼，都难以发现当天会以血腥之夜而告终的预兆。

……那个码头上的阳伞的天蓝色，无疑不是饥渴之色，而是悔悟之色。若是肉体上的饥渴，蒙优子托付给监狱长的钱款所赐，昨夜在沼津可以说已经得到了充分的满足。优子一准是默许并期待他这样花掉这笔钱。昨天，到了深夜后他让店家又叫了一个女人。女人们因为有所察觉而战战兢兢。他所享受的，是一种源于恐惧的、无微不至的爱抚。早上醒来后，他发现自己正睡在两个女人中间。在毫不客气地透过旅馆窗帘射入的晨曦中，幸二伸出双手，抚摸着长久以来作为一种鲜活的观念存活于心的生物。两个贪睡的女人在梦境中毫无察觉。

那是里面隐藏着贫乏的肉块，是浸于酒中的百日红之花，是糜烂的灵魂伪装出来的肉体，是一种与囚犯的所思所想远到毫无关系的物质。

优子一眼就认出：那个从舢板走上岸来，虽然身体有些消瘦，但毫不羸弱，甚至比以前更为精悍的青年就是幸二。他敞开前胸的衬衫外穿着一件夏季西装，一只手提着简便行囊，另一只手快活地挥舞着。

优子将阳伞稍稍倾斜了一下，说道：

"很精神嘛！"

幸二发现：因阳伞影子的遮蔽，优子一直涂用的深红唇膏变成了暗紫色。幸二以沙哑的声音说道：

"到家之前，我想先和你说几句话。"

"是吧？我也这么想啊。可这里是个连家咖啡店都没有的村落呀！"

优子用一只手上的篮子轻轻地画着圆圈，看了看四周。仅有的两三名刚刚抵达的旅客，正在被前来迎接的人们簇拥着快步离开码头。"第二十龙宫号"已经调转船头，朝湾口驶去。打转的航迹缓缓地激起水花。

"虽然方向相反，我们还是往海湾里面走吧，如何？那儿有可供聊天的草地和绿荫！"

迈开脚步以后，一抹不安涌上优子心头：自己把这个无依无靠的孤儿青年收留在身边，会不会是一种错误之举呢？自打优子决定收留他以来，这种担心还从未有过。这明显是一种预感。

监狱长责怪了优子的轻率，并说他还从未听说过受害人家属收留犯人之类的事。监狱长起初似乎认定这不过是优子人道主义式的感伤而已。优子最终说出了这样的话：

"我想我应该这么做。因为他之所以会做出那种事，原本就是因为我。"

监狱长目不转睛地盯着这个衣着华丽的女人的脸。这个"无可救药、傲慢自大"的女人，想把犯罪的所有复杂原因归结到自己身上。这种倾向不足为奇。她想成为一个谓之为"原因"的、具有戏剧性及美感的人。这种意欲将世界踩在脚下，声嘶力竭地呐喊的自负，换言之应被称作灵魂的妊娠状态，不容男人置喙。"这个女人想要孕育一切，"监狱长疑惑的目光说明了这一点，"她想把所有的一切、把罪恶、把永远的悔恨、把惨剧、把男人群集的大都会、把所有人行为的原因，全都纳入自己微温的腹中。把所有的一切。"……

两人默默无语地行走在小海湾的岸边，眺望着小海湾尽头漂流着各类垃圾的海面。微波不兴的海面上漂浮着一层稀释成紫色的油脂，还有各种类型的木片、木屐、灯泡、空罐头罐、缺口的大碗、玉米芯、单只胶鞋、廉价威士忌空罐等。其中有一块小小的西瓜皮，淡青色的果肉承受着曙色的照耀，在海面上随波摇曳。

在海豚供养之碑①附近，优子指了指山腰低洼处的一块草地说道：

"已经到了吃午饭的时间不是？我们就在那儿一边吃三明治一边聊天吧！"

幸二扬起疑惑的双眸。他的口中好似就要吐出某人的名字，却又给人以碍难出口的感觉。优子恍若观察外人一般望着他那犹豫的嘴角。

这个人变得"温顺"了。令人不快地、几乎是故意抛弃了自己。

"啊！你是想问他吗？"优子察知了对方想问的问题，以明朗的声音说道，"他今天看家，正一个人吃午饭呢。与其让你们突然见面，不如这样做比较妥当啊！当然，他可是真心期盼着你的到来呀！他呀，现在也变得像菩萨一样温和了！"

幸二不安地点了点头。

爬上山腰的草地后一瞧，湾口的景色很美。从树叶间倾泻下来的阳光令人心旷神怡。然而那里却并不怎么静谧。在脚下十多只舢板泊岸的湾口一隅，有一间船匠小屋。从那里传出了木工们为了给新船进行最后加工的铁锤敲打声和蜜蜂嗡鸣似的锯木声。声音从那里升腾开来后，在山腰各处回荡不已。

---

① 西伊豆当地为抚慰被捕杀的海豚的灵魂建立的石碑。

优子从篮中取出包袱皮，把它铺在繁茂的打碗花上，用柔韧的手指取出三明治和热水瓶。她的动作极为自然娴静，然而手指却比以前晒黑了些许，而且还有倒刺。

幸二看着这宛如梦境中的仪式一般平缓而又娴熟的动作，只觉得一个谜团挡住了自己的去路。他还无法彻底理解优子这温柔的性情到底意味着什么。在优子身上，完全没有因为害怕犯过罪的人而展现出的圆滑温和，以及社会上对犯罪固有的敬畏之念。他所能想到的，就是优子对自己并无戒心。可是优子又不是怀着女人的情感来迎接自己的。既非共犯的亲密无间，亦非情妇的亲昵自来熟……优子的态度与发生那个事件前毫无二致。

在这一瞬间里，幸二醒悟到自己不该来到这里，但已噬脐莫及。

尽管如此，幸二和优子却像观看水族箱中敏捷游动的鱼群一般，对彼此的沉默中隐藏的东西一清二楚。优子希望说些抚慰幸二牢狱之苦的安慰话，但是怎样说才能显得自然不唐突呢？幸二也是，他想向优子道歉，说自己使优子的生活发生了骤变，可同时他也想了解优子的真实境况。然而是否有稳妥的表达方式呢？

幸二觉得自己似乎患上了一种看不见的孽病。因为这一病状，狱中生活令人作呕的细节，如今仍然历历在目存活于心。幸二本身一直在皮肤之内活生生地感受着这一病状。优子的眼睛看不到这些。虽然看不到，但她的鼻子不可能嗅不到这种不快的气味。

于是幸二意识到：自己只能尽量以快活的语气开始讲讲服刑者的事了，就像病人喜欢讲述自己病情似的。

"监狱里没有镜子。"他开口说道，"当然了，并不需要那种东西。可是临近出狱时，就会突然担心起自己的容貌来。那些自由天地的人们会怎样看待自己的这张脸呢？也就是说，快要出狱的服刑者，不单单希望看到自己的号码，也希望看到自己的脸。可是没有镜子不是！于是，他们就在窗玻璃外侧立起一张簸箕，把自己的脸映在上面。因此，只要出现立着簸箕的屋子，就知道那屋里有个家伙快要出狱了。"

这些话似乎令优子听后心绪不佳并难以忍受下去。话到中途时，她便打开从腰带里取出的带镜小粉盒，做出补妆状。打开粉盒后她立刻倏地瞥了一眼自己镜中的脸，旋即把它伸到幸二的面前说道：

"看看吧！你一点都没变呀！你的脸上毫无阴影！"

与被伸到鼻尖的镜子相比，幸二反倒是对这句话显示出一种神经质的反应。

"你一点都没变呀！"这是一句可怕的话。

镜子的表面覆盖着一层白粉。幸二将嘴唇凑过去吹了吹镜面。就在鼻尖意外地接近镜子、尚未被镜子照出来时，他的鼻孔内已经呛满了白粉的气味。这种气味使他产生了一种被刺中了似的强烈的陶醉。他闭上了双眼。一个他挣扎已久想要企及的世界豁然呈现在那里。白粉的世界。一个与长久锤炼而成的观念完全相称的现实，正在那里散发着地道的香气。本以为在监狱牢房内进行幻想的特权，由于离开那里便彻底灭绝了，可如今来到外面以后，竟又再次开始有了意义。白粉的世界，它被包裹在绢布里，散发着香气，于冥蒙中闪烁，总是带有午后的慵懒。它时而在极为遥远的地方漂浮，时而又突然近在眼前。这个世界虽然俄顷间便倏然逝去了，但蝴蝶鳞粉似的痕迹依然留存于指间……

"怎么样？一点都没变吧！"

优子伸出裸露着的白皙手臂，从幸二手中夺走了粉盒。她的手臂沐浴着从树枝空隙漏泄进来的斑驳日光。

大约是到了午休时刻，机械锯的锯木声戛然而止。周遭变得一片静谧，耳畔只有一只绿豆蝇绕着打碗花花朵低飞的振翅声。这只绿豆蝇大约是从被丢弃于岸边的腐鱼那里飞来的吧？它身躯肥硕，大快朵颐后跌跌撞撞地飞着。银色与腌臜、冷漠的金属光辉与微温的腐败，巧妙地汇集在这只飞虫的身上……用不了多久幸二就会喜欢上昆虫学吧。虽然他本是一个从不关注虫类的年轻人。

"一次也没能去看你，真是不好意思啊！理由我已经在明信片里写过多次了。那都是真的呀！他如今病得让我一个晚上都离不开了。我想你若是看到他就会明白的。我要是不跟着他，他可真就一筹莫展了。"

"你满足了是吧？"

幸二轻松地说。然而优子的反应却令人惊愕。那张不精致的丰腴脸庞上浮现出红晕，薄唇快速启闭，乱敲钢琴键似的话语冲口而出：

"这就是你要说的话喽？你出来以后首先想说的就是这句话喽？太过分了！你怎么可以说出这么差劲的话？阿幸！……你要是这么说的话，可就一切都乱成一锅粥了。这个世上也就没有任何可以值得信赖的事了！你要向我保证，再也不说这种话了。求你了！"

幸二将身躯斜卧在草地上，凝视着这个美女愤怒的样子。怒火虽然扰乱了优子的内心世界，可是她却没有勇气用她那明亮的大眼睛去正视幸二。而幸二则目不转睛地一直看着她。在看的过程中，犹如水缓缓渗透沙地一般，他终于产生了一种自己话语的沉重意味正在渗进自己四肢的感觉。

说来两人尚未熟稔。若是一个人与一只野兽进行会话，或许就会有一种更为虚构的亲昵。然而两人却像两只初次谋面的野兽一般，以危险的姿态互嗅着对方身体的气味，厮杀一般戏耍，戏耍一般厮杀起来。不过受恐怖驱使的却是幸二一方。优子虽被激怒，却毫不畏惧。

证据就是：优子轻松地转变了话题，聊起一年多以前关掉东京的店铺搬到伊吕村创办草门温室的话题。

"总之需要你这个男劳力做帮手啊。希望你能努力学习，好好工作。今年春天刚推出的花卉，评价可是相当高啊！从今年五月起，观叶植物也开始上市了。虽然调节温度有些麻烦，但我想你一定会喜欢上这份工作的。和平的，对了，所谓热爱和平的面孔，恰恰就是你现在脸上的这副表情啊！"

吃过外卖的三明治后，两人又沿着湾边回到港口，越过贯穿村中央的县道，踏上了通往草门家的路。有几位村民与优子寒暄。偶遇的人们都把关注的目光投向二人。今天日落前，流言蜚语大概就会传遍整个村落吧？当然，优子打算以幸二是亲戚的说辞来遮人耳目。不过，村里人发现"真相"的速度可能比蚂蚁找到糖还要快吧？

"你不要老是那么低着头走路嘛！"

优子强迫自己以爽快的语气提醒幸二。

"我办不到!"

幸二低垂着眼帘作答。之后便看着优子的阳伞影子倾斜着轻轻地掠过被烈日暴晒的县道和巴士胎痕。

打县道一直往东,从邮局前走过再左转,道路平缓地绕过泰泉寺门前后,变成一条通往后面山腰稀疏民宅的上坡路。草门家一户独秀山巅,舒展的瓦片屋脊比山还要略高一点。而整个宽大的庭院,则全都被温室覆盖住了。

在位于坡顶的草门家门前,伫立着一个身穿白色衣衫的人,衣裳已经被风吹得鼓了起来。那里原本无门,优子用白漆重新粉刷了木栅,修建了一扇蔷薇攀援的拱门。门口挂着偌大的门牌,上面写着"草门温室"几个字。伫立之人所穿的白衣无疑是浴衣。由于穿得马虎加上风拂之故,下摆像裙子似的扩展开来。那挺直了脊背的身姿,反倒像打了石膏绷带似的,看上去很不自然。

由于手中提包的重量加上登攀徐缓坡路的缘故,幸二已经热汗淋漓。额上的汗水几乎覆盖住了眉毛。当他被优子用指尖轻轻摁住侧腹,第一次抬头去眺望那个人时,他产生了一种又是管教员在那里等候自己的恐怖感。

这是他打那以后第一次看到逸平的样子。站在坡上的逸平,虽然沐浴着夏季的骄阳,面颊却因为棱角垂映出浓浓的影子。看上去脸上充满了迎客的笑意……

第二章

优子再也清楚不过：两年前，幸二是一个多么快活而又易于动怒的青年。

逸平在银座拥有一片西洋陶器店。每逢岁末或盂兰盆会时节，他都会从自己的母校临时雇佣一些学生过来打工。其中的幸二受到逸平的青睐，即使不在上述时节，他也可以过来打工，甚至可以出入逸平位于芝白金的私邸。

逸平从大学德语系毕业后，曾在别的私立大学里做过讲师等职。后来子承父业，接下了这片位于银座的店面。此外还兼顾着写些高屋建瓴的评论，在社会上多少有些名气。逸平虽然著述甚少，但每一本书都拥有狂热的读者。已成绝版的旧书售价颇高。

他曾翻译过霍夫曼斯塔尔和格奥尔格的书，同时也写些针对这些书籍的评论。说来还写过李长吉的评传。其文体匠心独具，完全不像出自实业家之手，充满了艺术爱好者的唯美倾向和孤冷的偏执。这种人（由于自己一知半解却要染指其间）动辄就会在精神方面获得不为普通人所知的、蔑视他人的特权，成为拥有异常空虚的肉体快感的人。幸二从打工之初，就对逸平忙碌的情事惊诧不已。

自不必说，幸二对这种完全与己无关的事态度超然。有一次，逸平对幸二显得极为亲切，留住就要回家的幸二，邀他一起对酌。在酒馆落座后，逸平立刻开口这样说道：

"你完全没有拖累，真是让人羡慕啊！你既无父母，又无兄弟姐妹和亲戚，还没有老婆和孩子。我讨厌那些拥有了不起的爹妈或兄弟姐妹，以及优秀担保人的人。再说你的钱也足够自己用了，是吧？"

"我想，老爹留给我的钱还是能够让我读完大学的。不过，单靠那点钱我还是感到不安。"

"这不就挺好的了吗？你在我的店里工作挣下的钱可以只用来零花了！"

"谢谢！"

片刻沉默过后，逸平屏住气息这样说道：

"听说你前天和人吵架了，是吧？"

幸二惊讶得有些口吃起来。

"您是怎么知道的？"

"店里的人从你同学那儿听到了这件事，他觉得有意思就告诉了我。"

幸二很学生气地搔了搔头。

因为逸平让他说明事情的始末，所以他就把那天店铺打烊后，自己和一同打工的同学跑到新宿的廉价酒吧得利思酒吧去喝酒，刚一出门就与人发生纠葛，于是他便迅速解决争端，随后一跑了之的事讲述了一遍。与事件本身相比，逸平倒是对幸二的心理更感兴趣。

"这么说你是发火了,对吗?因为发火这才揍了对方?"

"我也说不清,反正腾的一下就火了起来。"

从未被问过此类问题的幸二,未免有些穷于作答。

"你二十一岁,无依无靠,性格外向,容易与人吵架。你有没有觉得自己很浪漫呢?"

幸二觉得这不是恭维就是揶揄,故而噘着嘴缄默不语。

"敢于吵架或发火,这是好事。这和世界的未来就掌握在你手中是一样的。将来当然就只剩下'发白面皱专相待'①了。仅此而已!"

对幸二而言,引用这句不明其意的古诗,听起来极为矫揉造作。

逸平再次问道:

"对你来说,世界大概不会像沙子一样,从手掌中穿过手指缝溢落下去吧!"

"会的!到那时我会发火的!"

"是吧?这正是你的长处。我可是长久以来一直任凭沙子溢落消逝的!"

幸二不喜欢听前辈咏叹人生或述说哲学感悟。

"也就是说,您想说我是个平凡的人,对吧?"

幸二打算以这种任性的判断性话语来结束这场对话,目光斜视着这个浮现于酒廊微暗灯光下年近四十、家境殷实的男人的脸。逸平每月都要做两套西装。素雅的领带下穿着意大利制造的浅色丝质衬衫。无论从哪方面看,他的身上都洋溢着法国小说书名——"女

---

① 出自唐李贺《嘲少年》:"莫道韶华镇长在,发白面皱专相待。"

人缘爆棚的男人"样的风情。他总是到一流理发厅去理发；本来可以当场付款，却偏要在一流裁缝店里签单；只要心血来潮就会订购英国制短绑腿，并在用过两三次后产生厌腻之感。

　　逸平什么都不缺。至少在幸二眼里逸平应有尽有。韶华或许已经逝去，虽如此，逸平依然十分奢靡。如今就像一条狗，在贪婪地舔舐着自己青春的骨头。幸二本来受到他的大力照拂，却仍然讨厌必须始终如一地在这个男人面前保持一副快活模样。所谓快活，那是幸二的溜冰鞋，是那双保养得当涂过鞋油的溜冰鞋。正因为有了它，他才能够在冰上滑行。

　　对于年龄相仿的同辈朋友，幸二倒是可以坦荡地迎合他们。他喜欢跑到友人家中，让人同情其孤儿的身份，尽情饕餮美味佳肴。其快乐的举止甚至多少有些放肆。世人大都极为赞赏那些身处逆境，性格本应乖僻但却毫不乖僻的人。在世人眼里，不自然的人所表现出来的自然态度极为令人感动。对幸二而言，就连吵架也无形中成为一种想要博得世人赞许的半人为冲动。也就是说，那是一种想要自然地做出一举一动的冲动。但他没有必要连这个秘密都吐露给逸平。逸平已经拥有一切，哪里还有必要再赐予他什么！

　　那天，逸平和幸二正在吧台对饮，一个女人影子似的靠了过来。由于逸平的无视，她只好离去。调酒师前来搭讪套近乎，逸平也一言不发。于是他只好去其他客人那里闲聊。墙上摆满了酒瓶，缭绕的香烟烟气云雾般纹丝不动，天花板上灰尘密布，逼仄的空间里飘逸着穿梭往来的女人的香水味……一个女人凭依过来，将双臂伸向吧台。用手抓住吧台对面的台沿后，她以慵懒的口吻替客人新叫了一杯苏格兰汽水。幸二对自己手掌所触摸到的那只手臂竟然如此温热感到惊诧。女人把脸颊贴在裸露的手臂上,从那里以微醺的目光仰视着幸二。

"你这就像是在模仿器械体操啊!"

"哈哈,是健美操!"

攀着吧台对面台沿的女人的手,纤细紧张。银色的指尖紧紧地勾着合成树脂装饰板制成的厚厚的台沿。漾着白皙而沉闷的色泽、大到没型的乳房,数次鲁莽地撞到吧台。

"舒服死了!"

女人说。幸二对女人迅即的春心萌动、那种拼命的自甘堕落、热情似火的醉态,对这一切他都感到恐惧。女人睁着毫无表情的大眼睛笑着。突然,女人倏地起身,恍若换了个人似的,迈着坚实的步伐,用肩膀撞了一下幸二的胳膊,而后便离去了。女人离开后的吧台空间,在黑色合成树脂装饰板的空间里,残留下了一块产生于女人温热松弛躯体的空气凹陷似的东西。毫无弹性、像车辙一样永远残留着的那块空气凹陷……

"我老婆呀!"逸平用手指认真地捋着鸡尾酒杯的把手说,"真是个不能再怪的怪人啊!我还从未见过这么古怪的女人!"

"店里的人都说,社长夫人非常漂亮。不过她还从未来过店里,是吧?"

对于这句恭维话,逸平以一种近乎不自然的威严态度,轻蔑地看着这个年轻人。

"你不要说这种拍马屁的话!按你的年龄来说。那是个古怪的女人!心大得令人恐惧。迄今为止她就从未吃过醋!你也一样,如果有老婆的话,就能够理解了。老婆这东西,如果是正常的女人,对丈夫的一呼一吸都会吃醋的。可我家那口子却不同。我也不知吓唬她多少次了，可这娘们完全无动于衷。你在她面前开一枪试试！她可能最多也就是微微侧目而视罢了。你或许已经从大伙儿那儿有所耳闻，知道这些了吧？为了让这娘们吃醋，我已经做过所有的尝试！"

"那是因为夫人善于隐藏感情吧？兴许是自尊心太强……"

"你找到要害了！分析到点子上了！"

逸平伸出的食指，险些就要触碰到幸二的鼻梁。

"大概是这样吧！但是她也隐藏得太巧妙太完美了。但若说她是不是不爱我呢？这又大错特错了！这娘们深深地爱着我。都爱得超越出妻子的身份了。阴郁地、较真地、执拗地、堂堂正正地、一丝不苟地……对我来说，我看到了她的爱情部队。肃穆庄严的部队……这娘们总是在我的眼前清晰无误地展示着她的阅兵分列式。并非故意展示。"

"我也并非因此就讨厌她。这是一种令人羞耻的自白——爱我的女人，无论是谁我都不讨厌。即便妻子也是如此！……我常常觉得疲惫不堪。我想告诉你的就是这些。"

逸平以一种向无所谓的人完成自白的态度，悠闲自得地划着火柴，点燃了一支英国香烟。那个动作充满了宽容的意味。幸二讨厌他划着火柴的方式。

准确地说，幸二就是从那天晚上开始，爱上了尚未谋面的优子。恐怕这也是在逸平的计划之内吧！

幸二明显地嫉妒逸平心灵的堕落。这个暂且不提，他和逸平初次细谈的那个夜晚，对他来说只留下了一个浅浅的印象。逸平只不过是一个都市中随处可见的、无聊又无用的、中年浪荡的富家公子哥而已；只不过是一个为自己放荡行径的多寡状态琢磨出别样说辞的男人而已。一个圣诞将至的下午，幸二在店里看着逸平穿着高级西装，往返于办公室和店面，热心地端来咖啡，单单接待那些出手阔绰的顾客的样子。幸二感到吃惊，对方那轻快的举止和交谈的模样，与那天在酒馆里听其自白时的印象，简直就是天壤之别。

"如果是更高级的礼物，还可以给您看看德国的迈森盘子或法国的塞弗尔壶。价钱虽然多少贵了点，但对您 A 先生来说，只要省下一个晚上的酒钱也就足够了……"

"您是要六十套咖啡成套器具作为岁末礼物，对吧？如果用我们的包装纸包装，会使礼物看上去至少高出价格三倍……"云云。

一个出了几本书的人，怎么会讲出这种话呢？逸平像个乡间土豪似的，一味地以卖弄学问的口吻向客人展开攻势。他对怎样做才能让客人购买超过预期的商品颇有心得。逸平一边吹嘘自己的商品，一边总是为受辱的自尊心郁闷纠结；他那奇异的固有观念——只有妻子的嫉妒才能医治好自己心灵的缺憾；妻子的不合作抑或抗拒；他那歇斯底里的种种情事……这些既像孩子又像大人的复杂情况，皆非幸二所能理解。更遑论理解逸平的下述奇妙热情了——他一边在作为商人的卑躬屈膝与知识的优越感之间将自己的身躯撕裂，一边又殚精竭虑地打算放任遍布生活及整个精神世界的、难以修补的龟裂。

幸二只是想着优子的事。当时的他并不知道这是一场毫无指望的恋爱。他在自己的空想世界里，极为单纯地描绘着一幅图景。这里首先是有一个绝望而又不幸的女人；有一个任性而又冷酷的丈夫；有一个血气方刚的青年同情者。于是故事便似乎由此而生。

优子撑着那柄天蓝色阳伞，在夏季的医院里与幸二幽会，夜晚九时便发生了那个事件。那是幸二初次见到优子半年后的事。也就是幸二把店里的物品送到芝白金逸平的家里，在那儿初次见到优子以后的事。

说到与优子幽会的日子，随着次数的增多，从一大早起，绝望感就会袭上幸二心头。他觉得自己似乎听到胸膛深处有一股冷彻的奔流在汩汩涌出。这使幸二比任何一个早上都更加讨厌自己。而每一次幽会，又都是在他万般乞求下才总算获得优子的首肯。但优子只是带着他到处采购自己的物品、用餐抑或跳舞而已，并会在自己愿意的时候迅速与他分手。

最后一次幽会的那天早上，幸二在宿舍的被子里抬起头来，眺望着书桌上摊开的大学笔记本——那蓬松翻卷着的纸页，正在承受从窗户射入的夏季朝阳的照射。于是他突然想起上一次约会时，优子犹豫良久才拿给自己看的一束纸卷。那是一份优子委托私家侦探作成的报告书。上面详细记载着那些与逸平交往的女人姓名、被逸平金屋藏娇唤作町子的女人的公寓地址，以及逸平总是在每周二傍晚时分去町子的公寓等内容。

"只有这件事可千万不能对我丈夫说啊！总之我只要心中有数就满足了。绝对不可以让我丈夫知道我正在做这种调查。因为只有这才是我当下生存的意义！请你务必要守住这个秘密呀！如果你背叛了我，我就去死！"

那是幸二第一次看到优子的眼泪。那泪水没有流下来，而是始于眼角，淡淡地漫延。俄顷间整个眸子便罩上了一层稀薄的闪闪发光的膜。这分明是源于自尊心的眼泪。如果用手指去触摸它，手指可能就会被冻结在那里吧。

幸二此时开始了空想。他幻想着逸平看到这份文件后欣喜若狂的场景，幻想着逸平由此信心陡增，立马舍弃身边的所有女人，急速回到妻子身边的情景……而那时逸平所看到的，却是一个已成僵尸的妻子。

如此迅疾的剧目情节，一瞬间呼啸着掠过幸二的脑际。它与听到夜深人静的街头突然传来疾驰的救护车铃声无异……此时的幸二险些产生为这场悲剧的诞生助上一臂之力的念头。

"三点我要去Ｔ医院探视病人。"优子说。

她叫幸二三点半在医院的前院等候。

Ｔ医院是距芝白金逸平家并不怎么远的一座大型现代化医院，位于形似山谷的住宅区中间朝南的斜坡中部。宽敞的车道缓坡，绕过一圈后便可通往医院的大门。架空的底层、整面的玻璃外立面、镶着白色瓷砖的柱子和蓝色瓷砖的窗棂，使得这栋五层建筑物拥有一副清爽的外观。在这栋日前刚刚盖好的医院前院朝南的斜坡上有一片草坪，种着棕榈树和喜马拉雅杉以及灌木类植物。虽然摆放着两三把长椅，却没在那里安放任何可以遮住夏季午后烈日的篷子。

幸二的半边脸承受着西斜太阳的照射，只觉得那夕阳恍若一只红蟹，正在啃噬自己的脸颊并留下痕迹。他同时目不转睛地紧盯着医院正门。三点四十五分,优子仍未现身。

　　医院的上空翱翔着两只老鹰。在明亮宽大的窗子里,亮着白色的日光灯。一些窗户被反着光的百叶窗盖住了;一些窗户则闪烁着医疗器械的银色光辉。对了,还可以看到放置在窗边的药罐,看到红色的赛璐珞玩具……等候在那里的幸二,身上西装的衣领周围,已经被汗水浸湿了。

　　突然,幸二产生了优子说要探视病人的说辞会不会是谎言的感觉。优子或许是因为自己的身体有问题才来到这里的。搞不好是逸平那颗腐败了的心灵,让优子的身体像夏季火烧云一般糜烂了也未可知……

　　……玄关处撑开了一把天蓝色阳伞。仿佛室外是暴雨一样,玻璃大门刚刚打开,优子立刻就撑开了阳伞。

　　"她这是想要遮住自己的面孔!"幸二以炙热阴郁的心境思索着。

　　从玄关到这里的长椅,隔着一条平缓的环形车道,距离大约有三十米。幸二没有勇气注视缓缓走近的优子的身影。他低头望着脚下。一个落在自己脚边的物件跃入眼帘。是一柄黑色的扳手。笃定是谁在这儿修车或是做什么时,落在此地的。

　　幸二后来在监狱里曾多次琢磨过这瞬间的发现。那扳手并非单纯地被遗落在那里,而是向这个世界突然显现的一个物象。打冷眼看,那柄扳手给人以一种十分自然、理应存在于斯的感觉——它横卧在蔓延的草坪和混凝土车道的交界处,半截身子隐没于草坪内。然而这是一种高明的欺瞒,无疑是某种难以言喻的物质力量权且化作了那柄扳手。它本是一种绝不该存在于那里的物质,它是一种位于这一世界秩序之外、为了从根本上推翻这个秩序而突然显现的物质，是一种至纯至粹的物质……一定是这种东西变成了扳手。

我们通常都认为：所谓意志是一种无形的东西。掠过屋檐的燕子、耀眼云朵的奇妙形状、屋脊的某一尖锐棱线、口红、脱落的纽扣、单只手套、铅笔、柔软窗帘绷紧的拉绳……这些东西平素都不被我们称作意志。但是，如果除了我们的意志，另有一种应被称作"某某"的意志的话，它们作为这种意志的物象出现，就不足为怪了。这种意志在推翻平稳日常秩序的同时，意图于一瞬间把我们纳入"它们"更为强劲、更为统一、充满了必然的秩序里。它们以平常看不见的形体，一边注视着我们，一边在极为重要的一瞬间，突然以物象的形态显现。这种物质来自何方？恐怕是来自星辰吧！狱中的幸二常常如是思忖……

……这是一瞬间的事。幸二死死地盯着那柄闪耀着黑光的扳手。一种无法形容的魅惑刹那间笼罩过来。时间静止了，那扳手的魅惑几乎令时间断裂。时间恍若堆满了水果的果篮。借助污黑的铁钥匙状破片，芳醇冰冷而又娇艳的魅惑，刹那间便溢满时间之篮。

幸二毫不迟疑地拾起那柄扳手，把它插进自己夏装上衣的内兜里。它像火一般燃烧着，透过衬衫，仿佛在惬意地烘烤着他胸前的肌肉。

——俄顷，天蓝色的阳伞便来到眼前。撑开了绢制伞面的阳伞被高高举起，优子斜着涂了浓重口红的唇笑了。

"让你久等了！热吧？这把伞事先借给你用就好了！"

优子把伞搭在长椅背上，遮住了夕阳。此时幸二相信：优子绝对没有看到他刚才的举动。

幸二清楚地记得在那之后两人在烈日下片刻的谈话内容。优子先是说她今天探视的病人，病状要比想象的好些。幸二则完全不以为然地听着。之后优子突然话锋一转，说她觉得"自己该不是老了吧"。幸二则爽快地予以否认。

"可是，自己一看到丈夫的脸，就对此深信不疑！"

优子缓慢地、同样一如既往地把话题推往幸二最讨厌的方向。在幸二眼里，每当谈起逸平时，优子就会俄顷间在他眼前变成一个沉入沼泽底部的女人。在幸二未及伸出援手之际，女人的脚、腿、腹和胸，就已经迅即溺入莲花绽开的泥沼中。涂着浓重口红的薄唇笑靥依旧，随即没去。剩下的就只有漂浮在泥沼表面的微细波纹。

这也是幸二听过多遍的老生常谈——优子又跟幸二讲起逸平二十岁左右时的往事。什么何等的风流倜傥啊！什么简直就是青春的化身啊！这在逸平所著《李长吉传》中那冗长而又令人陶醉的解说《啁少年》里，亦可看得一清二楚。在撰写这部著述时，逸平毫无疑问将青春年华时的自己视作那首绚丽诗篇中的"天上郎"。

青骢马肥金鞍光
龙脑入缕罗衫香
美人狭坐飞琼觞
贫人唤云天上郎

而唯一与逸平不同的只有"生来不读半行书"这一句。

这首诗并非优子特意在夏季烈日当头之际，于长椅上背诵给幸二听的。以前优子曾借给他这本书，并特意叮嘱他关注此诗。故而幸二在自己寒酸的宿舍里读过它，并得知首次与逸平在酒馆聊天时，对方引用的那句令人不快的诗，就是这首诗的结句。

年轻时的逸平无疑应有尽有。现如今他只是让自己拥有的一切全都散发出腐臭气味而已。优子不可能并未嗅到那股恶臭。恐怕她一准爱上了那种气味。唤作逸平的这个男人，自打开始确信幸运之神将永远眷顾自己以来，似乎就已经看清了自己为何会开始那令人恐惧的、矫揉造作的非自然状态的生活。

啊！这一切全都是令人难耐的话题！怎样做才能让优子闭嘴呢？

幸二倏地站了起来，像做体操似的挥动着双手（已经冷却了的扳手多次敲打着胸膛），走向背靠背的长椅并坐了下去。本来是优子毫无顾忌的话语丝毫不曾体谅他人，可此刻的她却立马被幸二的这个举动刺伤了。俩人背靠着背，片刻炙热的沉默。躲在棕榈树毛茸茸树干上的蝉鸣叫着。幸二感到自己的一部分头发，被天蓝色阳伞的伞骨尖儿微微刺中，但他声色未动地忍受着。

片刻后，优子打着阳伞站了起来。她站到幸二面前俯视着他。她的脸色看上去有些苍白，无疑是阳伞的阴影所致。

"你生哪门子气嘛！你想要我怎样做才好啊？你可是够任性的啊！你有什么权利……"

"不要说什么权利这种无聊的话。你坐下来如何？"

"我才不呢！这么热的地方！"

这个抗议听起来颇为孩子气。

"那么就请你让开点吧。我正在欣赏风景呢。"

"我要回去了。"

但是，优子并没有回去。这个毫不足取的年轻人，知道优子将要返回的家空空荡荡——她为此受到了伤害……优子反倒是坐在了幸二旁边那滚烫的长椅上。

"请你不要再提那个人的事了。"

"所以呀，我不是已经不提了吗？"

"说太多那个人的事，会让人心中烦得慌！"

"对我来说也是一个不快的话题呀！又不单单是你！"

"这么说，你是无意识地提起他喽？"

"那是我的歌呀！难道哼哼歌都不行吗？那是我的歌呀！"

"你是想要我跟你一起合唱啊！真讨厌！唱那种只有自尊心还剩了点儿骨头、胆小又懦弱的歌！"

幸二的这番粗鲁话语，既空洞又毫无根据。优子搞不清幸二是从何时开始使用起这种粗暴语言的，也不知道自己是从何时开始允许他这样说的。但毫无疑问：这种与年轻人身份相称的毫不见外的狎昵语言，使优子感受到了一种被鞭子轻柔抽打似的快感。然而幸二则处于夹板中，一方面语言已被强制过度亲密化，另一方面感情又被强制过于注重礼节。虽然他近在咫尺地看着优子如此炙热的脸，但此处依然隔着一段距离。就像医生和病人的肌肤间隔着距离那样。

这是一场来回兜圈子、毫无意义的争论。即便如此，两人却为那实实在在的愤怒而心跳加速。而这愤怒中又藏着令俩人感到相依为命的迷茫……

在这种状态下所看到的景色为什么会如此清澄，并静静地占据着幸二的记忆？

朝南的草坪斜坡拥有一小片这样的景观——被建筑物从三面包围起来的山谷、中间的山丘、与丘顶稀疏树木相衔接的碧空等一干素朴的景致。那些鳞次栉比的古老建筑或现代房屋，承受着夏季夕阳的照射，看上去带有一种过度露骨而又丑陋的立体感。东侧耸立着一所淡黄色的中学校舍；西侧则是汽车企业的大楼。写有新型车名的广告气球，恍若一只松弛的胃垂挂在天空。万籁俱寂，人迹杳然。一派万物皆疲于夏季烈日之光的景象。

对了。还有坟墓。在对面的丘顶附近，一块仅有数十座坟冢的狭小墓地，被向上涌来的众多房屋的屋脊追赶着，看上去简直就像是一队即将被追杀掉的赤身裸体的难民群。它们背靠崖壁，踮着脚尖，恐怖地战栗着，即将崩溃似的相拥而立。

……之后便是近乎无语的晚餐。接下来就是幸二的突然获胜和优子的屈服。

从那天傍晚到入夜，一切都像污浊的瀑布一般崩泻了。用过晚餐后，他们来到一座小型地下酒吧里。优子突然喋喋不休起来。幸二则激越地反驳她。二人首次淋漓尽致地畅所欲言，互相倾吐出刺人心肺的话语。幸二说优子是胆小鬼，优子则骂幸二是个窝囊废。

"你是个胆小鬼，是个懦夫，是个卑劣的人！你害怕面对现实。虽然想知道真相，却又不愿意正视它！"

"瞎说！那是因为最终呈现到眼前的真相，毫无疑问要比只是通过文件上的文字知道的真相更糟糕！如果他很慌张，那倒还好！

可到时如果看到的是他满不在乎的样子，那可就彻底完了呀！"

"完了就完了嘛！有什么大不了的！"

"像你这样的小孩子是不会明白的！"

幸二的大脑一片混乱，他已经搞不清自己现在要把优子引向何方了。或许他想要把优子变成逸平所希望的那种女人，故而一厢情愿地倾注满腔热情呢！

尽管如此，幸二本人又希望优子能够冥顽不化。他对这奇异怪诞的事实感到厌恶。如果能够打破这一窘境，即便结果正中逸平下怀，他也只能就此作罢。

"因此你是在讨厌我丈夫了？或者是在讨厌我？"

优子终于以带有挑战意味的语气说。

"都讨厌啊！不过或许讨厌社长更多一些。"

"你真是个怪人啊！从我丈夫那儿领取薪水，还装出一副是我恋人的样子。"

接下来她又这样说道：

"我为什么就不能维持目前的这种状态呢？就算是目前的这种状态，你也并未受到任何伤害啊？"

"因为你在说谎！所以你不能继续这样了。与我无关的谎话，我不能原谅！"

就这样，幸二终于高高地举起自己那年轻而又鲜艳的旗帜。一个身穿红色军装，吹着号角的二十一岁青年。他可以毫无羞耻地凝视自己的肖像，公然扯掉缠绕在自己身边的他人世界的黑暗与浑噩，这可以说是青春的特权。又有谁能够阻止呢？

优子虽然喝了不少酒，但并无醉意。她以清醒的目光死死地盯着幸二的脸。看上去就好像有一幅难以理解的画，抑或难以辨认的地图突然出现在她的眼前。她倏地在微暗的状态下伸出美丽的手指，做出盲女状想要抚摸幸二的脸，却又中途作罢。毫无疑问，在优子的眼里，幸二的脸突然变得跟石头一样坚硬。

因为优子头颅低垂，故而草绿色的影子落在她的颊上。优子以极为冷漠，仿佛恶魔附体似的语调说道：

"今天是周二呀！"

与那晚八点半到九点这三十分钟的经过相比，幸二记得更为真切的，则是那个活人画一般的静态场景。

那是一个普通公寓的房间。披着丝质长衫的逸平半坐在里侧的床上。穿着同样丝质银灰色长衫的町子，双手插在口袋里，坐在他的脚边。二人的长衫内全都一丝不挂。台式电风扇在他们头上从容地摇摆着低垂的头颅。因是匆匆置备，故而窗帘或家具的颜色及创意并不协调。床头柜上放着尚未饮尽的酒和烟灰缸。三面镜的两片镜翼尽兴地敞开，仿佛要吞掉整个房间。逸平的脸色苍白疲惫，看上去一副病态。

敲门时，隔了片刻后，町子才整理好长衫衣领走出门来。优子侧身走进屋内，幸二紧随其后。町子后退到床边坐在床上。逸平匆匆仰起穿着长衫的上半身。

既无大声嘶吼，亦无任何争执，方才的动作像水一样停止了流动。四个人的面前全都突然立起了一面难以逾越的玻璃墙壁。他们似乎全都在透过这面玻璃墙壁，彼此观望着对方。

这实在是一幅令人难堪的呆板的现实图景，但同时又具有一种不可思议的非现实情趣。因为看得过于清楚，所以变成了幻觉——这种事也是有可能的。幸二记得：从掀开的鸭绒被下露出来的床单上那些密密麻麻的褶子，恍若一堆描绘运动的抽象派线条，令人厌恶地清晰地展现于眼前。

逸平急忙穿好长衫并起身坐好。说来逸平这一端正坐姿的举动，使人产生了一种这是漫画人物在这种场合会采取的态度的感觉。它成了眼前场景中的唯一瑕疵。而逸平也似乎意识到了幸二的这一瞬间感受。他把手插进长衫的袖筒内。虽未犯下穿错袖子的错误，但速度委实快了一些。

四十岁的逸平那瘦弱白皙的手腕，在丝质袖筒这一迷路中，东碰西撞了数次，而且每一次都要受到丝质衬里优柔的刁难抗拒，最终才好歹抓住了出口的空气。这个捣乱因素让这幅活人画距离大功告成总是差了一点儿，不过逸平最后总算微妙地做到了适可而止。

四个人纹丝不动地面面相觑着。只是这种对视已经使被看的人化身为怪物。

与主持会议的人相似，大约逸平意识到自己有率先开口的义务，于是便对幸二说出下面的话。幸二的存在，对他来说真可谓雪中送炭。

"啊，你也来了呀！你们居然能找到这里啊！太太一定在感激你咯！"

幸二察觉到："太太"这一间接的称呼，已经重重地刺伤了优子。

然而与之相比，倒是幸二更为沮丧，他觉得自己遭到了背叛。在优子出现的那个瞬间，逸平没有流露出任何欢喜激动的表情，甚至连类似的情感都没有显露出来。

幸二想：自己真心希望看到的，难道不正是他喜悦的表情吗？若非如此，这半年来我为何要这般自暴自弃并受尽种种屈辱呢？

幸二真正希望看到的，是人类乖张的真实散发出光芒的瞬间，是赝品宝石绽放出真品光芒的瞬间，是那种欢喜的表情，是那种异想天开之梦的现实化，是荒唐可笑就那样转化为庄严的一瞬间。他在期待着这一切的情况下爱着优子，希冀打破优子所守护着的世界的现实。因此，即便最后获得幸福的是逸平，那也未尝不可。至少幸二做出了某种奉献。

但是，幸二实际所看到的，只不过是人类庸俗的遮羞举动、体面的挖苦以及迄今为止着实看腻了的东西而已。他万万没想到自己竟会亲临其境，目睹了自己原本笃信不疑的戏剧那不成体统的毁灭情景。

"既然如此也就没有办法了。如果任谁都无法改变的话，那我就用这只手……"

失去了情感支柱的幸二思索着。他并不晓得要改变什么以及怎样改变。但是，他切实地感受到自己正在逐渐失去冷静。

优子拖着嘶哑的嗓音说道：

"当家的！你就打算这样一言不发地回去，是吗？"

这句话听起来极为迟缓。幸二担心优子的精神状态是否有些异常。

逸平抽出塞在被子里的脚，像游泳似的摆动着那双满是腿毛的白皙小腿，搜寻着地板上的拖鞋。然后合拢长衫内的膝盖坐在床上，以一种着实温和的说教语气开口说话。然而内容却和语气完全相反。

"我说,你用这种态度逼我回家,岂不只能收到反效果!这不像是你会做的蠢事。我该回去的时候自然就会回去,可让你这么一说,我就是想回也回不去了。处理事情逼迫到不留余地,这并不高明!你呀,这样吧,先和幸二君一起回去好了!过后我也回去。这样可以了吧?毕竟还要考虑一下这儿的这位女性的处境。"

幸二注意到:此时的町子,就像是一只淋了雨的狗,以突然抖掉全身雨滴的姿势,猛地哆嗦了一下。但其化了妆的苍白的脸上依旧毫无表情。

另一方面,优子的哭声则令幸二大吃一惊。她把手中的阳伞扔在地上,双手掩面哭了起来。那是一种着实心酸、卑俗、原始的哭声。幸二迄今为止所认识的优子从未发出过这种哭声。优子一边哭一边屈膝跪在地上,嘴里接踵涌出语焉不详的话。什么我本来是这么地爱着你呀、我是多么难受地忍了过来呀、我一直在等着你回心转意呀,云云。诸多无所顾忌随心所欲的牢骚话,从优子瘫倒在地板绒毯上的身体向四周迸射着。那样子就像是肮脏的水从一个掉在地板上摔坏了的花瓶向四处飞溅开去。幸二听着听着便想捂住自己的耳朵,最后不禁在心中这样喊道:

"快点死掉吧!这种女人快点死了才好呢!"

幸二确实憎恶着优子,但他已经失去冷静,于是便产生了一种悲哀涌上心头似的感觉。他的情感已经混乱,不知道是在憎恶谁了。他觉得自己就像是一支勉强竖起的细长铅笔,被凄凉地漠视着。

大家看着优子蹲在地上,谁也没有动。这时间无疑相当漫长。幸二看到,町子起身想要去扶起优子,却被逸平用眼神制止住了。

那瞬间发生却夭折了的动作，就像是沙子自水底舞起后又坠落下去一样，看得清清楚楚却又毫无意义。幸二心想，为什么人有时会做出这种不可思议的姿势呢？比如鸟儿在飞上不稳的枝头的一瞬间，缩着头的那种姿态……

不管怎样，那种事并无多大意义。只有优子依然在泣诉不止。虽然开着电风扇，可是落下窗帷的室内却酷热难挨。

优子终于底襟凌乱地站起身来，看上去似乎想要扑上逸平的膝头。

"回去！你马上回去！"

优子吼叫着。她那看似就要扑到丈夫膝头的动作，是当时一种被夸大了的印象。或许优子只是把沾满了泪水的无力的双手搭到逸平穿着长衫的膝上而已。然而逸平的上半身却仰面朝天地倒在了床上。优子的身躯借势压了过去，却被逸平用整个身体撞回。也许是这样的——与其说是因为町子，莫如说是因为幸二在场，逸平才于一瞬间滋生出奇妙的虚荣心，进而做出了这种过激举动。也许他在那一刹那提醒自己要做出人生导师的姿态，期盼着幸二的眼神里能够遥映出社会对他的喝彩，所以又扯住了已经被推开的妻子的胸口。然后，狠狠地抽打了妻子的脸颊。挨打的优子很平静，而町子则发出轻声悲号。

"打得好啊！"

旁观的幸二如是自忖。他确实认为逸平干得漂亮。这并不是一种冰冷的满足，幸二全身都热起来了。逸平再次殴打了优子。松开了扯着优子胸口的手，于是优子那苍白的脸恍若偶人似的，温顺地斜倒在地板上。

幸二把手伸进上衣内兜里。他记得自己当时那着实自然的动作。他以一连串流水般自然的举止，既无感情，也无目的和动机，自由自在地在这没有任何阻碍的处所行动起来。

　　逸平把脸转向了他。幸二飞奔过去，用握在手里的扳手胡乱敲击着逸平的头。扳手狠狠地嵌进逸平的脑袋。他觉得逸平的头颅正在随着那柄扳手活动着。

第三章

……与暌违两载的逸平相见后，幸二不由自主地看向当年被自己用扳手打过的逸平的头。那里已被浓密的头发遮掩住。头发虽被明亮过度的日光照射着，却没有任何光泽。

此时，犹如被群集于晴空的蚊群突然覆盖住一般，种种思念混杂着汹涌而至的记忆，纠缠不休地遮蔽住了幸二的眼睛。

"当时的我，已经无法再忍受这个丧失了法则的臃肿世界。无论如何我都有必要给这个形同猪猡内脏的世界献上一个法则。献上那铁制的、又黑又硬又冷的法则……也就是扳手的法则！"

他继而又想到：

"那天傍晚，优子在酒馆里是这么说的吧？'可到时如果看到的是他满不在乎的样子，那可就彻底完了呀'。拜那扳手一击所赐，我特意将他们从'彻底完了'里解救出来……"

他又愕然意识到：

"……我是一个悔悟的人……"

于是乎，眼前思虑的蚊群旋即散尽。

这些问题在幸二受审期间都已被问过。那扳手的一击，打在逸平头顶左侧，导致头盖骨塌陷性骨折和大脑挫伤。恢复意识后，又产生了右半身麻痹，并且得了永久性失语症……

啊！他们是何等不厌其烦地反复追问着扳手的事情啊！町子作证说现场原本没有那个物件。扳手上印有某电机公司的标记。警方向物主做了调查。那人说自己曾开车去过T医院，扳手确实是公司的物品，但却主张并不记得将扳手遗落在医院，而且在过去的一个月里，车子也并未发生过故障。总而言之，扳手要么是从别处偷的，要么就是捡到的。那扳手不容分说地证明：幸二是有准备的计划性犯罪。于是幸二以伤害罪被判处一年零五个月的徒刑……

——逸平一边缓慢地将幸二引进门内，一边在盛开的藤本蔷薇花的阴影下微笑着。那是沐浴在夏季丰沛的阳光里、四季盛开、花朵硕大、装饰拱门用的白色藤本蔷薇。

幸二做梦也没有想到，在这么短的时间里，人竟会发生如此巨大的变化！那个喜欢身穿裁剪合体的新衣、配上意大利制丝质衬衫和领带、袖口上还别着闪闪放光的迷人紫水晶袖扣，越是忙碌穿梭，就越是飘逸出慵懒感觉的爱俏男人，已经从这个世上消失了。

一想到这种变化全都是源于自己那扳手的一击时，幸二就战栗不已。看到犯罪结果这件事，与多年后看到与萍水相逢之女子所生的孩子无异，那孩子的周身全都渗透出自己的影子。往昔的逸平已经彻底死去，他的身上深深地留下了幸二存在的影子（当然，他们俩的形貌一点也不像）。那影子与其说是幸二，莫如说是一种与幸二的罪恶极为相似的人影。如果幸二描绘自己内心的自画像，应该会与这个影子极为相像吧。眼下萦绕在逸平无力笑靥上的那抹愁容,恰恰正归幸二所有。

幸二突然想起一件事来。有一次,逸平说要出门参加一群浪荡公子哥的派对。幸二看到他在店内的办公室里换上无尾晚礼服,又往领口的扣眼里插进一朵白蔷薇,而后便走出了店门。那是一朵低垂于领口装饰手帕上的潇洒的白蔷薇。而这里就有与之相同的花。那花影就投射在逸平的脸上。逸平邋邋散漫地穿着浴衣,下摆敞开,浴衣脊缝偏移,唤作兵儿带的整幅扎染腰带松散开来,无精打采地垂挂在腰际。这样看来,那蔷薇就像是逸平扮滑稽戏时用的簪子,在祭典中缓缓而行时戴的巨大的白色簪子。……

"这是阿幸啊!你晓得吧?是幸二君嘛!"

优子以清晰的发音缓慢地说道。

逸平保持着他那扭曲的微笑说:

"冰……块儿。"

"不是冰块儿。是幸二!"

"冰块。"而接下来他则清晰地说出了"啊,你好"这句话。

"怪不怪你说?他只有这句'啊,你好',从一开始就说得很流利。不是冰块儿,是幸二……"

"算了。我可以是冰块儿。冰块儿这个名字更适合我。就这样没关系的!"

幸二焦躁地打断了优子的话。

初次见面的寒暄就这样结束了。幸二的焦躁是复杂的,他为自己的悔悟被某种物体所阻碍,故而无法顺利表露出来而焦躁。说来他的肉体只不过是一只装着悔悟的袋子而已。按理说他在见到面目全非的逸平后，本应立刻涕泪横流，跪地磕首致歉才是。然而，不知何物将石子儿投进了齿轮内部，停止了齿轮的回转。那石子儿到底是什么呢？是那抹始终如蜘蛛网一般挂在逸平嘴巴上的微笑吗？

伴着蝉声，夏莺在附近的枝头鸣啭。三人钻过蔷薇门，穿过了凹凸不平的石板地和温室旁边。看到逸平跛足而行的样子，幸二伸出手去想要扶他一把，却被优子那又大又黑毫无表情的眸子制止住了。他不明白优子为什么要阻止自己。大约是想要养成逸平的独立意识吧？可是幸二的心灵却受到了伤害，因为他觉得自己这一举动的矫揉造作已被看穿。

"就先从温室介绍吧。全都是我一个人学习、计划、兴建和经营的哟！现在呀，生意还相当不错呢！因为东京园艺看在以往交情的份儿上，好心好意地常来惠顾……要看以前的我，都难以想象是吧？女人呀，真是拥有各种潜能啊！连我自己都十分佩服自己呢！"

这么快的语速，也不知逸平能够理解多少。但幸二总觉得，优子对自己说的这番话，大约有一半无疑是说给逸平听的。从钻过蔷薇拱门时开始，就已经如此了。不！当逸平还不在身边，方才他们从港口走到这儿的那段时间里，就已经是如此了。细细想来，在两年前尚未发生那个事件时，就已经是这个样子了。

温室的入口处有一根水道管。幸二突然扭开水龙头，倾斜着自己的脸。他吸吮着迸溅在脸上的剩余的水。水流惶措凶猛地冲击着他的脸颊，令他感到心旷神怡。片刻时光里，幸二的脸颊承受着闪光水柱的冲击，与日光久违的苍白喉结粗鲁地蠕动着。

"你喝水喝得好香啊！是吧？"

"水……水。"

逸平随着优子的语尾说。由于说得顺口，所以不断重复着："水……水。"

——当幸二抬起头时，他发现温室入口处站着一个穿着短裤和运动背心的魁梧老者。优子解释说，那是园丁定次郎，原本是个渔夫。他的女儿在滨松的帝国乐器厂当女工。

刹那间幸二心中涌起不安，定次郎会不会知道自己来自何处呢？然而对方那张被日光晒黑了的倔强的脸，那张剃着光头、海盐似的点点白发下恍若老旧铠甲的坚毅脸庞，让幸二放下了悬着的心。

"至少这张脸是不会窥探别人隐私的。这张脸就是一扇紧闭的窗户，偶尔为自己打开一条窗缝，只是为了摄取阳光而已。"——他知道一张与这张脸极为相似的老服刑人笃实的面孔。

四人走进五栋温室中的第一栋。这里主要放置了一些大岩桐草和观音竹，呈斜面建造的屋顶四分之三都是玻璃，上面覆盖着厚厚的苇帘。那些呈现出紫纹、深红或白色的大岩桐草，避免了夏季温室的闲置。

幸二在牢里才意识到花儿是一种美丽的东西。但这并不是什么有用的知识，只不过是一种感伤的知识、一种过于寄情于花的知识而已。优子唠叨的说明惊到了他。这明显是一种为了生计才掌握的知识，远远凌驾于服刑者们的梦想。

这时四个人注意到：透过苇帘缝隙落到花叶上的光斑，突然蟠踞上一个硕大的黑影。就在优子洋洋自得地夸耀白色大岩桐草的硕大花朵时，花的表面突然变黑了。于是大家全都抬头向屋顶望去。

定次郎以年轻人一般的敏捷动作，穿过花叶间的狭小通道（幸二看到，他以微妙的动作穿过花丛，甚至未让观音竹四面扩展的坚硬叶尖发生些微的摇曳），朝入口处飞奔而去。外面传来了定次郎的吼声。犹如迄今为止一直被静寂的日光压制着的东西突然爆发了一般，耳畔响起小淘气包们的惊叫和笑声。

"常有的事儿！他们往上面扔了什么东西呢？"

优子透过屋顶的苇帘仰望着那个影子。逸平和幸二也一起仰视着那里。阳光在苇帘上编织出细小的光网。幸二反而由此鲜明地感受到它的根源——太阳那锐利的目光。虽然蟠踞着的影子看上去很大，但被抛掷在上面的物体并没有那么大。在那个湿漉漉、长满黑毛的物体端部，有一条细长低垂的尾巴影子。那东西一准是老鼠。肯定是小孩子们发现了大沟鼠的尸体后便把它抛了上去。

幸二不由自主地看着逸平的脸。看着那张来到这里之前优子一路上一直在说明的，"虽然不能与人随意沟通，但精神本身丝毫未变"的男人的脸；看着那张精神虽未泯灭，但已被囚于墓中，应该谓之为墓牌的、浮现着单调微笑的脸。

苇帘的影子，稀疏地落在他的脸和优子的唇上。沟鼠的尸影刚好落在逸平的额头，看上去就像是一颗黑痣。

突然，定次郎拿来的竹竿影子延伸到苇帘上。老鼠被竹竿尖端夹住，影子被甩了出去。在被高高抛起的一瞬间，老鼠离太阳更近了，仿佛在接受日光火辣辣的炙烤。

不久后梅雨降临了。今年的梅雨季节总体上看属于干梅雨。雨雾后，阳光普照的日子持续了数天。其间某日，逸平夫妇和幸二前往后山的大瀑布野餐。

自幸二抵达这里到野餐之日，时光大约过了三周。这段时间里，真可谓万事顺遂，幸二觉得整个生活都重新开始了。他被安排在通风良好的二楼六铺席大的房间里。每天的工作内容立刻就被敲定，他成了定次郎的好搭档。浇水和早晚两次的叶上喷雾，是幸二要做的重要工作。他非常勤奋、温和，并潜心钻研，故而很快就获得往来村民的欢迎。

　如今的幸二不禁嘲笑起自己初来乍到时的神经质。自己是个悔悟的人，已经与往昔判若两人，根本就没有什么好担心的。夜晚安然入睡，饭量正常，在太阳的灼晒下，身体眼看着结实起来，并不比村里的那些年轻人逊色。每天的自由无不令其欢喜异常。工作结束后的独自散步，真是一种不受束缚的自由。就连下雨的日子，他也会撑伞出去遛弯儿。他立刻就对小小伊吕村的所有角落了如指掌。优子还把他介绍给了泰泉寺的住持。他从住持口中学到了伊吕村的地志知识。这里在十六世纪末是三岛代官的地盘。直到幕府时代，一直都是间部主水的属地。明治维新时，伊吕村与伊豆几个风光明媚的村落一起，被归至韭山县管辖。优子在东京园艺社长的关照下选定此处定居，购买了村里大户人家的房子，之后将其改建成五栋温室。

　优子对已成废人的逸平的财产做了处理。她的处理方式和迅疾转换身份的手腕，令之前认识她的人全都大吃一惊。从优子自己口中听到这些的幸二并未产生多大震撼，却每天都会对逸平的新姿态感到愕然。逸平养成了每天早上坚持读报的习惯，虽然他根本就看不懂。他只是默默地坐着，将被朝阳穿透的报纸完全摊开，一边轻轻晃动头部，一边长久地保持着如一的姿势。

逸平有时还会叫优子拿来他自己的著书。

格奥尔格的诗集译本是用德国波状花纹纸装订的，很是素雅；而《李长吉评传》则使用黄色的唐纸做封皮，封皮内页使用了流墨仿羊皮纸。

逸平坐在桌前，一边用左手挥舞蒲扇，一边用不灵活的右手逐页翻弄着。有时手不听使唤，纸页便难以顺利翻过。即便如此，逸平依旧执着不辍。

幸二从温室的侧窗，隔着小小的庭院，一动不动地眺望着他的身姿。那是一种不可思议而又令人恐惧的努力。如果逸平的精神果真毫发未伤的话，做出那般举止的逸平，其内在精神和外部著述，就理应还保持着切实的呼应。他的内心世界里，肯定还存活着格奥尔格和李长吉。尽管如此，他仍被一种无形的铁壁所阻隔。他的眼睛无法阅读也理解不了自己的著作。

幸二能够理解逸平，因为他在牢里时，是那样地渴求外面的自由。他曾多次向外界发出徒然的呐喊，然而外界却对他的诸多呐喊全无反应。他觉得自己从未像现在这样彻底理解了逸平。

精神这东西，如今是以怎样的形态存在于逸平的体内呢？他对自己无法理解事物、无法进行语言表述的样子，首先是感到震惊，然后则因震惊而疲惫，最后只能守着这一切了——他变成了另一个聪颖的自己。手脚已被束缚，理智已被塞上堵口物。而他的那些看上去依旧光辉闪烁的著作，如今存在于黑暗模糊河流的彼岸，在那手臂难以企及、呐喊声难以抵达之处。也就是说，曾经存在于精神与行为之间的关联已经断绝。他的那颗曾是自负之源、世人尊崇之标的的宝石，业已裂为两颗互补的宝石，被搁置在黑暗大河的两岸。彼岸的宝石，即便对世人来说依旧是宝石，但对他来讲却已然形同瓦砾，那就是他的著作；而大河此厢的宝石，对世人而言已经是瓦砾，却只在他的眼里与宝石无异，那就是他的精神……受伤之前的逸平，并无意遮掩风流雅士对自己的基本精神行为——包括自己的著作所做出的冷嘲热讽。但他又总是对自己抱有期待，在自己的身上怀揣梦想。而那并不是统一，怕是一种分裂吧？那也是一种人为的、精巧绝伦的分裂……

于是对幸二而言，如今不断浮现在逸平脸上的柔和微笑，就已经成为一种新鲜的惊愕。泰泉寺的住持说，那是逸平醒悟的表现。优子并未这么说。医生曾多次这样问优子：

"您先生是否有时极度焦虑不安呢？拿您当出气筒，或是随心所欲让您无所适从？"

对于优子再三做出的否定回答，医生的脸上毫不掩饰地浮现出疑惑的表情。这位患者实在是个特例。逸平变得安静、宽容、对现实照单笑纳，对任何事都报以无力的微笑。

看到他以如此露骨、如此持续不断的微笑来表达内心激越的无望时，幸二就感到毛骨悚然。往日在享受的能力方面远远凌驾于年轻的幸二之上的这个男人，让人觉得即便是在绝望的强度上，如今也同样令人悚惧地让幸二难望项背。

优子又如何？

有一次，优子招呼幸二，让他把爽身粉送到浴室去。优子稍稍打开阴暗浴室那发出强烈嘎吱响声的玻璃门，呼唤着起居室里的幸二。

"阿幸！阿幸！爽身粉用光了呀！新的爽身粉就放在壁橱的上

格里,你帮我拿来好吗?"

草门家的浴室,或许是源于以前屋主的喜好,建得格外宽敞。浴室大约有八铺席大,此外还附设了一间三铺席大的更衣室。幸二踌躇着是否要去拉开那扇玻璃门。

"没事儿啊!你可以进来呀!没关系的。"

优子在里面说。

果然,出浴后的优子已经穿好一件宽大的浴衣,腰上系着一条深绿色博多绸和服腰带。头发盘起后的颈毛已被热气濡湿,丰满的后脖颈周围汗珠密布,夜露一般在微暗的灯光下熠熠闪烁。那是一个天刚擦黑的闷热雨夜。幸二还记得雨水激越地敲打温室屋脊的声音。

在坐在那里的优子脚边,幸二看到了一个奇怪的物体。那个瘦削男人的裸体,下半身涂满了白粉。他仰面朝天地躺在那里,双目紧闭,死尸般横陈于微暗中。幸二把新的爽身粉罐交给优子后,意欲马上退出,却被优子喊住了。

"我说,你也要洗澡不是?那你现在就洗吧,免得浪费燃料!水烧得可舒服了!"

玻璃门就那样敞开着,幸二犹豫不决。

"快把门关上进来呀!否则他会感冒的。你别客气,赶快脱掉衣服进来吧!"

说这话的当儿,优子的掌上已经堆满了从新罐中倒出的白色粉末。微暗中,那粉末就像毒药似的散发着凛冽的白光。幸二在更衣室一隅飞快地脱下衣服。与浴室相邻的门敞开着。好像是为了引入温馨的热气,门才那样大敞四开。

在随后的那段入浴时间里，幸二的目光动辄就会向更衣室方向扫去。这次的入浴，要比牢里的入浴更为奇妙、压抑、孤独和沉闷。人类的世界怎么会有各种奇异的仪式啊（全都出自某种必要）！优子毫无遗漏地在刚刚出浴、横陈于斯的逸平裸体上涂抹着白粉，温柔而又细致地抚摸揉捏着。在翻腾的暗淡雾气里，优子白皙的手指于各处时隐时现，带有责难意味的尖锐棱角时而争相显露，时而忧郁缓慢地摇曳在雾气中。

幸二斜躺在浴缸里看着这幕情景，身体突然亢奋起来。他幻想着那手指在自己身上无微不至地到处爱抚的情景。

可是，眼下被优子的手指所揉摸放松的这具肉体，只是一具已被死亡包裹着的、麻木安详的温和躯体而已。这一点确凿无疑。即便在这里，隔着距离观看也能笃信无疑。甚至连脚趾缝之间，都被优子涂上了白粉。眼下她又在轻轻揉弄那个刚被用心洗过的部位，几乎令白粉发出吱吱声响。幸二时而就会在雾气中清晰地看到优子美丽的侧脸。在那张发热而又专心致志的脸上，浮现着一抹轻松放纵的喜悦。从这种既顺从又充满了优越感的单一操作里，可以窥视到优子那颗安然栖息的灵魂。幸二觉得自己好像看到了她灵魂的淫荡睡姿。

他在浴缸里艰辛地合上双眸。

不知是否察觉到了这一点，优子开始以明朗而又平淡无奇的语调跟幸二搭起话来：

"我忘了，你已经把退学申请寄给大学了，是吧？"

"嗯，从牢里寄出去了。"

幸二把浴缸中的水弄得哗哗作响。

"好仓促哇！我说，你就打算在草门温室度过一生不成？"

幸二在热得不行的暗淡浴缸中缄默着。他看到一根优子掉落的长发，形成圆圈漂浮在水面上。于是他将身子凑了过去，用濡湿的胸膛掬起那根毛发。

……之后便是他们前往大瀑布的野餐。

这是三周以来的悬案。幸二不晓得为何是悬案。他完全无法想象这是逸平的意思。因为幸二知道优子一直在心中琢磨着三人同去那里野餐的日子，故而闲暇散步时，他只避开了大瀑布未去光顾。

在一个晴朗而凉爽的早晨，突然决定要去野餐了。温室中没有适合供奉大瀑布祠堂的鲜花，所以幸二便特地跑到后面山崖边，采撷了一大朵盛开的山百合回来。优子用银纸包着只开了一朵花的花茎根部，把它拿在手里。优子在巴蒂克印花布罩衫下面，穿了一条柠檬色宽松长裤。为了便于在布满石子的山路上行走，她穿了一双平底摩洛哥皮休闲鞋。

逸平的打扮很是邋遢。白色开襟衬衫配着灯笼裤；棋盘格花纹袜子配着运动鞋；头上戴着一顶大草帽；手里握着一根结实的拐杖。

幸二则是蓝色牛仔裤配着白衬衫。衬衫的袖子挽到了腕子上。他理所当然地成为装着盒饭和热水瓶等物品的篮子和照相机的搬运工。如果是以正常的步伐走到瀑布，按理说大约需要三十分钟。但若是配合逸平的步行速度前往，幸二计算的结果是：至少也要花上一个多小时。实际上他们花了两个小时。

优子照顾着逸平，出门走下了斜坡。从这里可以清楚地看到港口。停泊的船只只有一艘。海湾彼侧的葱绿山峦，倒映在大片空旷的水面上。融入水中后，恍若曲线板一般，摇曳着它们的投影；若干珍珠筏；一艘蓝色的废船，半沉于小小的人工海湾里侧——从优子搬到这里时起，它就一直保持着那种姿势；此外还有银色的储油罐。

蝉鸣声中，小小的村庄俯卧于脚下。驶过县道的大巴扬起的尘沙，转瞬间便把相距约百米、栉比于街边的那些理发店、杂货店、洋货店、药店、西饼店和木屐店等沿街建筑覆盖住了。湾口的灯塔、港口的碎冰塔以及村里的火警瞭望台这三栋高楼，统领着这些平房建筑。

再看东方。那里是马上就要前往的平缓山峦。草木上的露珠和昨日的雨水已经开始干去。那些水蒸气与日光融合在一起，使得裸露的山岩和整个森林恍若被包裹在战栗着的银箔里。周遭万籁俱寂，令人产生了裸露的山岩和森林已被一片闪着稀薄光芒的死寂笼罩住了的感觉。

其间，耳畔传来了远处采石场压缩机的运转声。

"我们是要走那条路的。看得见吧？那条在山里蜿蜒着沿河而去的道路。"

优子用手上的单枝百合花指点着那条道路。百合绽开它那光润的、像是涂了油的白色花被，在强烈的日光中散发着幽郁的香气。一直到白色花瓣的外缘，全都杂乱地染上了暗淡的砖红色花粉；而内缘深处则可以看到带着点暗红色的淡黄色鲜艳斑点。尽管如此，花朵仍然能够保持住它那端庄威严的花姿，因为支撑着沉重花朵的花茎甚为粗壮。

像变魔术似的,被百合花所指之处的风景变得十分优雅。整个风景都是百合的模样。层层叠叠的山峦也好,山峦上的碧空也好,熠熠闪烁的云朵也好,眼下全都臣服于这枝百合花。那些形形色色的颜色,似乎全都源于凝聚在这枝百合花中的色彩精华。森林的绿色源于百合的茎和叶;大地的色彩源于花粉;古老的树干色调源于暗红的斑点;而光彩四射的云朵则源于白色的花瓣。如是种种。

不知为何,幸二感到非常幸福。他觉得这是悔悟后的福报,是在心死之后得到的幸福。就这样,三人在经过两年苦恼的煎熬后,或许总算抓住了各自的幸福。优子可以随心所欲地摆布逸平;幸二获得了自由;而逸平嘛……他则得到了某种来历不明的东西。

突然,正在头顶高高盘桓的鸢的啼鸣声传入三人的耳畔。

"通过鸟的叫声,也能够知晓天气的变化呢。这是定次郎说的。"幸二说,"他说观测天候是可以做到的!像什么朝霞呀、月晕呀、日晕呀,这些全都很管用。即便通过鸟啼和星光,也能够预知天气变化!"

"我可从未听他说过这些呀!定次郎在哪儿呢?"

"方才就在温室里来着。"

"有道理!是这样啊!有道理!"逸平说。

但是,为了打听天气情况而特意折返回去,则未免有些麻烦,于是三人继续向坡下走去。

幸二边走边继续为幸福的思绪萦绕着。那种幸福的感觉,就像是一个调皮的孩子从后面飞奔过来搂住他的脖子,紧紧地缠着他不放。

"在发生那个事件之前,三个人为什么也能够拥有如此幸福平和的瞬间呢?"幸二在继续思索着,"到港口迎接我的优子,和我在港湾里侧的草地上说话时的她,完全看不出与往昔有任何改变。那一准是优子为了安慰刚刚出狱的我,故意把自己的幸福给隐藏起来了!或许这才是优子真心想展示给我看的。特意邀我来到伊吕村的真正理由也是如此。"

"那么……"幸二大梦初醒似的意识到,"这幸福毫无疑问来自我那扳手的一击!"

在坡道渐尽,终于就要下到平地之际,脚下已可鸟瞰到泰泉寺的后院及部分厨房。

后院里,成群结队的蜜蜂正围绕着红色的石榴花及闪闪发光的山茶花叶嗡嗡飞翔。一只离群的蜜蜂,高高地飞来,落在逸平的草帽上。于是幸二便借来逸平的拐杖,巧妙地把它掸落下去。这是出乎他意料之外的第二次体验向逸平的头使用暴力。三个人为这小小的成功惬意地微笑着。而这反倒成为一个愉快的证明:刚才那段插曲并未勾起他们那段极为敏感的记忆。被击落的蜜蜂浑身沾满路上的尘埃,发出吱吱的声响。

"你会触怒和尚的!"优子说。

住持觉仁和尚正在饲养野生蜜蜂。他把蜂巢置于地板下,循时令采蜜,抹在早餐的吐司上食用。

似乎听到了外面的声音,坐在厨房里侧的住持,趿拉着庭园木屐下到后院里。无论是那颗光头还是气色红润的圆脸,觉仁都与人们口中的和尚这一通称所联想到的形象相符。在他的脸上,恰到好处地融合了卑俗和超脱这两种神韵。无论怎样寻觅,都找不到冷酷的感觉。他就是一张制作精美的、属于整个小渔村的菩提寺住持的小巧肖像画。

优子也和幸二谈论过这个话题。从他们与和尚刚见面的那一刻起,和尚似乎就立刻察觉出:他们超越了自己以往接触过的任何人。因此,和尚本人也显露出一种超越了小小肖像画的神态。这对两人来讲是一件痛苦的事。因为两人全都酷爱着和尚那小小的肖像画,并一直希望自己也能够被列入那肖像画的一隅。

由于长久居住在这平和的小村庄里,和尚显然苦于没有机会为人们排忧解难。当然,伊吕村也同样有许多悲伤的事。死亡、衰老、病痛、贫穷、家庭纠纷、近亲联姻生下呆傻子女的父母之悲、渔民遇难、存活家人的悲叹……但是,在这块乡间土地上,他无法遇到像盘珪[①]禅师十二三岁年少之际所碰到的那种"大疑"难题。属于临济禅特色的灵性自觉——那种对"见性"的欲求无处可觅。

可以想象:和尚曾长期撑开了渔网,意欲捕捉到鱼类。但是,任时光蹉跎,对灵魂的渔猎却始终没有收获。当优子来到这个村落并初次拜访和尚时,他无疑从这个穿着艳丽、面容明媚又不甚精致的城市女子身上,嗅到了他寻觅已久的诱人味道。那是苦恼的气味。那是嗅觉敏锐的人即便相距几公里之遥,也能马上分辨出来的气味。那是一种优子本人尚浑然不觉的气味。

更何况此次又来了一位温顺过度、眉目低垂、任劳任怨的年轻人。而且又是相同的气味。那种香醇诱人的气味!

[①] 盘珪永琢,日本江户时代禅宗临济宗的名僧。

毫无疑问，只有和尚嗅到了这种气味。他向逸平夫妇和幸二展现出一种令人赏心悦目的友善态度。一种久经饥饿之人对美味香饵的无可挑剔的善意……

自不必说，这一切终归还是在优子和幸二的意料之内。和尚并未抛出任何试探性问题。优子和幸二也并未不打自招地谈及任何与己有关的事情。

"你们凑在一块儿，这是要去哪里呀？"

和尚站在后院正中，大声问道。

"要去瀑布野餐。"优子答道。

"天气这么热，可够你们辛苦的呀！您家先生不要紧吗？"

"为了练腿必须得多走几步啊。"

"嚯，真了不起啊！幸二君负责拿东西啊？"

"欸。"

幸二笑着晃了晃手中的大篮子给他看。

但是，就在这一瞬间里，当幸二看到和尚回报给自己的笑脸后，迄今为止幸福满满的心灵，竟倏然蒙上了一层阴影。数日前他下山去村中理发店和香烟铺时的遭遇涌入脑海中。

走进理发店时，他觉得老板和客人之间的谈话似乎戛然停止了；而在后来的理发过程中，理发店一直被一种异样的沉默所笼罩，只能听到剪刀和推子的声音；返回时他顺便拐到了香烟铺，熟稔的店老板闺女一看到幸二，脸色立马变得僵硬了。当幸二买完香烟走出店门后，身后便传来那闺女粗暴地踏着榻榻米慌乱奔向店铺里侧的脚步声。

当幸二看到眼下这和尚无拘无束的笑容后，便觉得自己似乎看到了一种与这个村落的反应截然相反的反应。

"累了！累了！"

走出村东尽头，于村社前左拐，在总算就要进入山道处时，逸平开始叫道。无奈，三人只好在树荫下的石头上坐了下来。优子叫幸二帮他们夫妇照了一张相。优子自己也帮幸二和逸平照了一张。在这种合影中，因为不放心把相机交给逸平使用，所以优子和幸二并肩而立的合影一张也没有留下。

一旦穷于话题，幸二就会谈起牢里的往事。优子虽然眉头颦蹙，逸平却似乎对这个话题饶有兴致，为尽可能理解话语的意思而把自己的身躯凑了过来。因此，幸二为了能让逸平听清，便特意降低语速，用词简洁，一词一顿地述说着。在这期间，优子发觉有蚂蚁爬到逸平感觉迟钝的右脚上，便用手拂掉了它们。

幸二从蓝色牛仔裤后兜里取出一把便携型梳子。仿玳瑁的米黄色材质上映着从树梢泻下的日光。幸二在这光影中把梳子拿给逸平看，并问他这是什么。两三秒后，逸平说：

"梳……子。"

获得幸二的肯定后，逸平的脸上浮现出一抹满足的表情。

幸二像变戏法似的把自己梳子的背面转上来，抚摸着那里。

"怎么样？一点都没磨损吧？"

优子也兴致盎然地凑过脸来。空气中飘逸着她耳际的香水味。

"服刑者手里的梳子，这个地方全都磨损了。那些严重的，几乎都要磨损到齿根部位了！知道我们把它用到什么地方吗？我们管它叫'咯吱'。我们用这个梳子的背面，在厕所的窗玻璃上摩擦，磨成赛璐珞粉末。然后再让粉末变硬，放在棉花里，卷成香烟粗细，上面再撒上一点牙膏粉。接下来便在木板上咯吱咯吱地摩擦。这样就能起火了。这火是为了点燃好不容易才偷到手的香烟。这个'咯吱'如果被发现了，可是要受到两个礼拜的惩罚呀！……有的家伙还吟诵民间小调呢！说什么'没有火柴也点烟，虽远犹近男女情'！"

说罢，幸二便点燃自己的香烟，深吸一口后眯上了眼睛。

"味道好吗？"优子问。

"那还用说？很好！"

幸二略显不悦地回答。他感到不安，因为眼下的这支烟并不像即将出狱时那么香醇了。

看到过码头旁垃圾四散的河口的人，很难相信这里源自遥远大谷山中的大瀑布。没有人会相信：这就是那条水流湍急，在长满苔藓的岩石上激起浪花的清澈溪流的末端。

三人走在溯溪而上的山路上。在那算不得险峻的宽敞道路上，当从树叶间泻下的日光随风晃动时，周遭大片聒噪如雨的蝉声，便会令人把它错听成日光发出的声响。而杉树林阴影浓重的地方，则极为凉爽宜人。

"累了！"

逸平再度说道。一路跌跌撞撞抵达大瀑布之前，他们已经适时长休过四次。本来是应该在瀑布潭边享用午餐的，却因为幸二再三诉说自己饥肠辘辘，故而在第三次休息时，三人的盒饭便已告罄。时间早已过了正午。每逢休息时，幸二都不忘把优子手中的山百合拿到溪中去浸泡，故而花朵依旧保持着浓郁的芳香和健硕的花姿。

瀑布无疑已经相距不远。在这艰辛的散步过程中，逸平想起了"嗨哟"这句号子。他站起身来，做出一个夸张的出发信号。很明显，逸平是在有了自我意识的前提下做出这等滑稽鬼脸的。他先是伸出拐杖和穿着灯笼裤的左脚，喊出一句"嗨哟"，随后便将整个身躯从右侧开始转了一圈，接下来便把右脚像沉重的起重机一般抬起。优子则随声附和着："嗨哟！"幸二一边收拾东西，一边眺望着二人的背影融入洒在石径路上的阳光中。他笃信无论这对夫妇先走多远，自己都能立马追上他们。

这是一幅无聊的景象。优子的态度极为和善。"嗨哟！"这呆滞的声音与急流声混合在一起。幸二被这种声音所束缚，只觉得自己站在这里，恍若石头一般沉重冷漠，变得呆滞不动。他拉长热水瓶的吊带，把它和相机一起背在肩上，粗鲁地晃动着空篮迈步走去。

——当他们走过半朽的木桥，登上迂回的石阶，站在一座小神社前时，大瀑布的轰鸣声便穿过杉树林密集的树干空隙跃入耳畔。优子的眼中明显地泛起一抹轻蔑的神色。

"这么个索然无趣的小神社啊！特意跑到这儿来供上一束百合花实在是太愚蠢了！这个避瘟药袋似的平纹帷幕算是什么情趣呀？"

神社里即将燃尽的蜡烛火苗摇曳不定地闪烁着。旁边还微微晃动着几列颜色几乎褪尽的千纸鹤。

幸二对优子这种亵渎神明的态度感到害怕。这是一种对神明并无任何理由和目的的亵渎。只不过是一种她对自己随意描画出来的幻想充满挑剔的执着而已。

"可是，这座神社供奉的神明，应该是这座瀑布才对啊！"

优子目标不明地发起了脾气。在从杉树梢射进的几道光线的照射下，优子含怒的瞳孔在闪闪放光。

"算了！要是这样的话，就把百合丢到瀑布潭里好了！"

——三个人坐在瀑布潭旁一块阔大的岩石上休息。自打听到那瀑布的轰鸣声时起，优子的内心世界就出现了某种变化。她时而发出刺耳的笑声，时而突然沉默不语，时而又开始放纵情绪。她那紧盯着瀑布的眸子温热濡湿，鲜红浓艳的唇在不笑的时候也歪斜着。

瀑布的景观是壮丽的。高约六十米的黑亮岩顶上是耀眼的乱云。阳光从稀疏的杂木林间透过。水从杂木林间涓涓溢出继而奔流而下。瀑布上方大约三分之一的地方，只能看见白色的泡沫在飞溅狂舞，看不到岩石表面。倾泻的水流在那里分作两股，恍若要向观瀑者奔袭而来一般，俄顷间逼至眼前。水流形成多重阶梯，摇曳着白色的鬃毛奔腾而下。在那些令水花怒溅的岩石上，生长着少许连根部都在遭受水流濡湿戏弄的杂草。风向在不停地变化，水雾飞溅的方向飘忽不定。但是，自右岸高耸的草木间漏泻下来的阳光却是平静的，并将其笔直的平行光线投射在飞落水流的表面。周遭已被瀑布声和蝉鸣声占据。这两种声音竞相嘶鸣，时而听来似已融为一体，时而听来又似乎只有瀑布声或骤雨般的蝉鸣。

三个人以各自喜欢的姿势躺在了岩石上。逸平拿起摆在优子身旁的百合，把它放到自己仰卧着的脸上。逸平的动作总是如此，要么过于夸张，要么半途而废，难免令人费解。不知此时他是想要嗅闻百合花的香气,还是想要吃掉它给人看,令人难解其意。总之,他把秀挺的鼻子和嘴巴久久地埋在百合花中。另外两个人在瀑布的轰鸣充溢耳郭的情况下,对逸平的这一举动假装视而不见。突然,逸平被狠狠地呛住了。于是他放下了手中的花。他害怕地抬起了头,鼻头和脸颊全都沾满了黄红色花粉。莫非他是想要利用百合花自杀不成?

优子爬起身来。幸二第一次看到,她那双注视逸平的眸子是那样地欠缺敬意。优子拿起已被稍稍弄伤了的百合,手持锡纸包住的根部,再用涂了鲜红指甲油的手指,深思熟虑地把花轻轻转了几圈。

"喂!你知道'牺牲'是什么意思吗?"

优子窥视着再次仰卧在那里的逸平的脸,以愚弄人似的口吻问道。

逸平感到吃惊,因为妻子的问话语气与往常迥异。

"西……申?"

"不对呀!你不明白吗?'牺牲'这个词!"

"不明白。"

因为优子的语气听来极为冷酷无情,于是幸二插嘴道:

"太勉强他了!这种抽象的词汇。"

"你不要说话!我这是在测试他!"

说罢,优子便把脸转向了幸二。她的脸上全然没有预想中的尖酸刻薄,呈现着一种带有几分邋遢意味的宽松笑意。瀑布的风让几绺蓬乱的头发爬上优子的额头。看到它们以后,幸二突然想起漂浮在阴暗浴缸中的那根头发。

"无论如何都搞不明白吗?真笨呀!瞧它!"

优子猛地把手中的百合丢进瀑布潭里。被抛下的百合,在眼前划出一道闪光的白色圆弧。逸平的脸上流露出阴暗浑浊的表情。这也是幸二从未见过的。那个表情清晰无误地表露出一个不具理解力的孤独灵魂战栗的不安。

优子似乎变得很愉快。一种连她自己都几乎无法控制的愉悦。她前仰后合,一边笑得喘不过气,一边连珠炮似的继续问道:

"那么,你懂'接吻'吗?"

"接……"

"你说说看,'接吻'!"

"接……"

"笨蛋啊!不明白是吗?那么我来教你吧。就是这样做啊!"

优子转过身来,突然抱住身躯半仰的幸二的脖颈。岩石很滑,幸二对这突如其来的事态毫无准备。优子的唇已经鲁莽地压在幸二的唇上。于是两人的牙齿互撞在一起。这种冲击过后,便是肉的融合袭来。然后优子伸出了舌头,幸二在这温馨柔和的静止中,吞咽着优子的口水。其间,他的耳畔持续回荡着瀑布的轰鸣,故而不知时光流逝了多久。

当双唇分开时,愤怒涌上幸二的心头。他觉得这一吻无论怎么看都是为了逸平。

"打住吧!你不要用调情的举动来折磨他!"

"可我自己并不痛苦啊!"

"你根本就不知道自己在做什么!总之我不愿意被你当作道具来使用!"

优子嘲弄似的从下方窥视着幸二的脸。

"事到如今你还说这种话？本来从一开始你就是个道具！你自己也挺喜欢这样不是？"

幸二不假思索地抽了优子一记耳光。打过以后他便不去看优子的脸，反而将视线投向逸平。

此时逸平的脸上浮现着毋庸置疑的微笑。这是他新性格的表现，与幸二出狱后第一次看到逸平时的微笑毫无二致。幸二觉得事到如今他才刚刚开始明白那微笑意味着什么。他被这个微笑所拒绝，所排斥。这微笑使他想起了在监狱的腌臜浴池里洗澡时，于蒸腾漫卷的雾气中隐约可见的那个清澄的沙漏计时器。

这一次是被恐惧击中的幸二抱住了优子。优子双眸紧闭，那张乖巧冷漠的脸，就在幸二的怀中。幸二去吻她的唇，做着徒劳无益的努力，希冀尽快将逸平的微笑从脑海一隅抹去。因此，此次接吻已经完全失去了方才接吻时的甜蜜。

当他们回过神时，天空已是乌云密布。并未携带雨具的三个人，默默地整理物品，相互搀扶着站了起来，担忧起冒着雨踏上漫长归途的艰辛。归途是由优子拿着那个空篮。

第四章

　　梅雨季过后的某个夜晚，幸二正坐在村中唯一的一家酒馆里自斟自酌。

　　最近他经常一个人光顾此处。村里的人们越是疏远他，他就越是故意跑到这村落的正中，在这里把盏独酌。进入休渔期后，年轻人开始陆续回到村里。听到幸二此前经历的传闻后，他们反而对他更感兴趣，都想成为他的酒友。在这里，幸二的罪过成了他们的下酒菜。不仅如此，甚至像是幸二往昔征战沙场的功勋。

　　走下草门温室来到村庄时，幸二被盛夏之夜的星空震撼得说不出话来。它与都市的星空截然不同。星罗棋布的星斗，就像是密密麻麻生长于苍穹的霉菌，在整个天空熠熠闪烁。

　　村里的夜是黑暗的。最明亮的光，就是八点四十五分开往土肥的末班巴士，或时而驶过的卡车那毫不客气照射到沿县道建造的老房子上的前灯灯光。巴士本应一个钟头一班，却时而连来两三辆，时而两个钟头也不来一辆。每当这些大型车辆通过时，村里的房屋就会像旧衣柜一般抖动起来。而当巴士停在村中央四角处并有客人下车时，那些傍晚在路旁纳凉的年轻人，往往会用一些揶揄的语言来迎迓那些熟人。

到了夜晚还比较亮堂的地方是两家刨冰店。里面还出售西瓜、柠檬汽水、中式面条等杂食。这两家店铺全都装了电视，每当播出夜间棒球赛或拳击赛节目时，年轻人便会蜂拥而至。唯一的一家酒馆"海燕"，就坐落在这几家店铺的北面。它远离其他店铺，在昏暗的街道上闪烁出更显暗淡的灯光。

那是一间壁板上涂了蓝漆的简陋小屋。用罗马字本应写作"UMITSUBAME"的店名，却被油漆匠拼错，写成了"UMISTUBAME"。但是，没有谁对这一错误加以非难。店老板也并未察觉到这一点。于是黑色的喷漆字体便沐浴着往来穿梭的巴士所扬起的沙尘，迅速变得古香古色。入口旁横堆着几打空啤酒罐。在如此炎热的情况下，窗户居然还被深红色的窗帘紧紧遮掩着。

耳畔时不时就会传来唱片放出的流行歌曲。在大约十六平方米的房间里，亮着一只令室内显得沉闷的红色灯泡，故而看上去似乎有点微妙。然而店内并无女招待，只有老板夫妇二人招呼客人，粗糙的桌椅四处乱放。店内一隅设有一个徒具其形的台吧。上面放着一台风扇。此外还有一只小猫。即便被年轻人不断地拽住尾巴，它也只是闷闷不乐地换个睡觉的窝儿而已……

时间还早，常客尚未光顾。幸二和老板谈起了喜美的传闻。

喜美向滨松的乐器厂请了十天假回家的这段期间里，并未住到父亲定次郎那儿。她只是首日在草门温室留宿了一夜，之后便住进亲戚家开的青涛旅馆里。定次郎也几乎未和这久未归来的女儿搭话。

在这对父女之间，似乎存在着不为人知的争执。母亲故去后，父女俩曾一起生活过一段时间,在旁人眼里很是和睦。某日,女儿突然离开家跑到滨松当了女工;父亲则锁好家门,搬进当时正在招募园丁的草门温室居住下来。自打幸二来到这个村落后,他还从未从定次郎口中听他谈起自己的女儿。

喜美很漂亮,并以自己的美貌引以为傲,故而成为村中的女孩子们或质朴村人的厌恶对象。喜美回来以前,还有过几个女孩儿跟着小伙子们一起前往"海燕"喝酒。可自打喜美回来以后,女客就只剩下她喜美一人了。而这家此前从未受过任何道德非难的淳朴酒馆,如今也被视为一个堕落的场所。此种口碑的下跌,这几天更是日甚一日。喜美不是一个会讨好他人的女人。与她青梅竹马的渔夫松吉和自卫队的阿清一直在竞相追求喜美,但看上去她似乎从未委身于其中的任何一位。

喜美手中有一把尤克里里琴。这把新的尤克里里琴的部分零件,是她自己在工厂里亲手制作的,因此从不离身。她一边喝酒,一边时或弹拨吟唱。从她那伊吕村女孩中最为丰满的胸部深处,从她那乳房上微白阴影深处传出的歌声,就像舀满了水后缓缓上升的吊桶一样升腾上来。于是人们立刻忽略了她歌喉的笨拙。

九时许,喜美和松吉并阿清以及另外三个青年走进店来。"海燕"是日夜晚的安宁就此宣告终焉。阿清呼唤了一下幸二。于是幸二离开吧台,加入到他们那一桌。

喜美依旧抱着尤克里里琴。远处电风扇吹来的风,抚弄着她蓬乱的头发。她一边喝着得利思掺水加冰威士忌,一边以清晰利落的语调向大家说明制作工艺。

首先，要分别检查用红木材料制作的面板、用枫木材料制作的侧板里侧以及桁架。在面板上用铰刀划出沟痕后，再将镶嵌用赛璐珞材料装饰在音孔周围。这种镶嵌作业便是喜美的工作。而葫芦形的侧面琴身，则是先把木板放到热水里煮沸，然后再利用电热模具令其弯曲成型。剩下的就是一些细工活了——比如对角椽、琴身四周的赛璐珞装饰材料以及边缘用砂纸进行打磨。安装桁架是一项顶级的技术活，由最挑剔的工匠负责。在用胶贴上紫檀指板后，便用砂纸直接在上面打磨，然后就是涂漆工艺了。最后再往业已精磨成型的尤克里里琴上安装四根尼龙弦……于是尤克里里琴就可以发出美妙的声音了。

喜美手中的这把乐器那理应青涩暗黑的红木光泽，拜红色灯光所赐，呈现出一种浮躁的玛瑙色，一种酒后微醺的胸部的肤色。那小小的葫芦形，就像是顽皮女孩儿紧致的肉体，给人以享受之感。它被制造得可以让人随心所欲地轻松把玩。但是从音孔看到的琴身里侧，则弥漫着大剧院后台一般凝重的阴影、形态以及尘埃，显得深不可测。——幸二觉得可笑，喜美居然发现了一个与她如此神似的乐器。

虽然做了如此详尽的工艺说明，但给人的感觉却是喜美与这把乐器之间存在着不可思议的距离。她的解说似乎是在述说：这把乐器现在虽然确实归喜美所有，但那双曾在木屑飞舞的工厂内为制作乐器而劳作的手，与这把制成品乐器之间，将永远存在着一段令人焦虑的距离。无论谁都很难同时扮演因和果，很难同时既是部分又是整体。别的不说，喜美首先就是这把乐器的一个组成部分。

幸二毫不费力地想象出了喜美供职的工厂的状况——天花板上

的高高钢架，各种机械发出的轰鸣声，四散的锯屑，清漆的强烈清爽气味……总而言之，毫无疑问，那儿的光景与幸二在牢里为每月五十元工资而劳作的纸厂景象差异不大。他曾在监狱的工厂里制作过五颜六色的儿童杂志附录。在推出新年号时则忙得不可开交。第一附录、第二附录，一直到第五附录。他是多么喜爱那些恍若鹦鹉羽毛般娇艳的色彩啊！纸制手册、纸制胸针、纸制花卉钟、纸制组合家具、纸钢琴、纸花笼、纸制美容院。它们全都带有节日的色彩，在光面纸上热热闹闹的。印刷稍有偏移时，幸二就会被那艳丽夺目的色彩晃得眩晕起来。一位已有孩子的服刑人总是边做边哭。幸二虽不会哭，可是一想到孩子们将上述物品拿在手上嬉戏时的那种家庭的温馨和安乐，就比想到霓虹灯初上时的繁华闹市更为痛楚。

出狱后走在沼津街头时，他看到向前探出长长的夏季遮阳布的书店门脸前，堆放着一大摞带有很多附录的漂亮的儿童杂志。

"这其中的某个附录，说不定就是我做的呢！"他一边猜想，一边窥望着。他下了决心，以后绝不要孩子！他恐怕不会允许自己的孩子喜欢并摆弄这些附录吧！他恐怕会成为一个难以取悦的、令人不快的父亲……幸二希望一生都是与那种附录无缘的人。那附录就是一个将丰富的色彩、节日情趣与合家团圆的性质、人情味集于一身的物品。而幸二就是制作它的那双粗俗而又裂纹累累的罪恶之手……

——在聆听喜美讲述尤克里里琴制作工艺的那段时间里，徘徊于幸二心头的，却是孩子们华美的"特别附录"的秘密工艺。

喜美的手确实并非罪恶之手，可那工艺的阴暗的秘密，应该和幸二的工厂半斤八两。因此，她能这样直言不讳地进行说明，如果不是故意为之，就只能是不知羞耻了。至少幸二有这种感觉。

难以相信在那充满尘埃、锯屑和喷漆气味的工厂里劳作，并将一个制作精美的成品当做礼物带回以后，喜美就能够拥有这把尤克里里琴成品的一切了——包括这把尤克里里琴成品整体呈现出的完美的光滑度、悠闲的音乐、"南岛"的抒情以及闲暇的慵懒。毋庸置疑：它到头来终归只是一把"喜美的尤克里里琴"，与其他几万把尤克里里琴迥异。喜美绝不可能接触到真正的尤克里里琴，接触到完美的乐器！——因此，尤克里里琴便成了她的肖像画。

猫崽正在幸二的脚边嬉戏。因为是夏季，所以它并未跃上幸二的膝头。它腹部贴着冰凉的水泥地俯卧在那里，不时地轻抬爪子，把半个前肢搭到幸二穿着木屐的赤裸脚背上。

幸二是个很有猫缘的青年。然而他却讨厌这种动物缘由不明的爱。于是，他用脚尖轻轻地踢开了猫崽。可是猫崽却立马折回到他的脚边。在草门温室，除了使用化肥外，偶尔也会煮些鲣鱼汁之类来浇肥。虽如此，幸二身上的鱼腥味也不如渔夫身上强烈。

喜美一直在唱歌。她拨弄着尤克里里琴的琴弦，唱着她在滨松的女子员工宿舍学来的夏威夷歌曲。

喜美穿着一件海滩装，无袖的黑底衣料上印着四散的向日葵花纹。她个头虽小却有着一对夸张的高耸乳房。乳沟中夹着一道暗邃的竖影。她一时兴起剃掉了某侧的腋毛，而另一侧则留在那里隐隐可见。略显冷峻的脸上眉头紧锁，美若海参的嘴巴半开半合。不知是微醺之故还是红色灯光的缘故，浅黑的皮肤从里侧透出红晕。

自卫队的阿清走了进来，白色夏威夷衬衫衣领上是一张明快的圆脸。将漂白的围腰一直缠到胸部的松吉,用手在桌上托着下巴坐在那里。

只有幸二一人,在画框外目不转睛地注视着这幅如此闷热的静止画面。

他在考虑优子的事,心中不禁憋闷起来。"我是一个悔悟的人……"但是,他觉得自己以前从未像最近这样爱恋着优子。严格点说,当初他之所以挥舞那柄扳手,还不能说是因为对优子的爱恋。但现在则确实如此。悔悟的苦涩味道带来了欲望的甜蜜。想要得到优子的心情,在诸多意想不到的细微处故意接踵而出。幸二觉得自己似乎一直处在这种欲望伏兵的威胁中。之所以这么说,是因为优子所有并无深意的举止、双手上扬的撩发举动、从温室的楼梯走下时弓腰整理裙裾的动作、被汗水濡湿后散发出来的白粉香味……这所有的一切都会使幸二不由自主地心旌摇曳。每逢此时他便会觉得被埋伏在体内的欲望伏兵从背后猛然一击。但是,他与优子之间并无可能,这一点也更甚从前了。他就仿佛住在架设于河川上的房子里,始终倾听着身下流过的水声,欲望的每一个角落,都回荡着黑暗牢狱的记忆暗渠之音。"我是一个悔悟的人……",当他想要得到什么时,便已经是一种罪恶的再现。也不知优子是否知道这个青年的这种感受,自打那次野餐以来,她已不再让幸二亲吻自己。

——他抓了抓鼻梁。苍蝇试图攀上鼻梁让他产生了一种悲哀的痒感。

不过,自打野餐以来,优子的表情确实发生了某种变化。在暑热的夜晚,时而她的唇就会喘息般微微开启,时而又会将目光死死盯住一个地方,一副恍惚的模样。对幸二说出的话语,时而极为尖酸,时而殊为冷漠。而且看上去优子本人对自己的这些变化似乎浑然不觉……

"有谁想要得到这把尤克里里琴吗?"

突然,耳畔响起喜美微醺后的高昂声音。幸二的冥想被打破了。

从桌子四周伸来几个青年粗俗的大手。幸二也稳重地伸出手去。被高擎在喜美手中的尤克里里琴,在红色的灯光下闪闪发亮,看上去就像是一只被人抓住脖子、向上挥起的僵硬的水鸟尸体。喜美再次用闲着的拇指去拨弄指板上的弦。靠近定音轴部分的琴弦,发出僵硬干燥的声响。

"不行啊!可不能就这么轻而易举地送给你们呀。这把尤克里里琴和我可是同心同德呢!当我将这把尤克里里琴送给某人时,就是把自己的一切都给了他!"

"如此说来,你就会成为得到这把尤克里里琴的人的妻子喽?"

一个青年缓缓地问道。

"那可不见得!"

"那么,今后如果我们在村中看到某个男人拿着这把尤克里里琴走在街头的话,就可以认为他是被喜美小姐奉献过一切的男人了?"

"是的!"

喜美向上拢了拢散下的鬈发,肯定地说。

"真的吗?你发誓吧!"

松吉首先开口说道。阿清则啃着指甲,眼睛闪闪发光地沉默着。

大家全都喝醉了。因此全都在逼迫喜美发誓,并要店老板当证人。一个青年把猫崽抱到洒满了啤酒的桌上。猫崽被人摁着长着薄薄一层夏毛的背部，躬着身躯，意欲伺机迅速逃离，躯体内就像是上紧了柔软而又强力的发条。

"你把手放到这只猫的脊背上发誓！据说说谎者就会变成猫的！"

"什么呀？！"

喜美轻蔑地说，把手放到了蠢蠢欲动的猫的背脊上。发完誓后，她又大声说道：

"哈！结束了！我们去游泳吧！"

"都醉成这个样子了，不要紧吗？"

"你个大男人怎么还这么胆小！走，我们到浦安游泳去！"

喜美率先站了起来，举着尤克里里琴。在门口处她又回过头来，故意用方言喊道：

"来呀！来呀！"

最后决定前往的，只有喜美、松吉、阿清和幸二而已。四个人一边放开歌喉喧闹着，一边向港口走去。

港口那里只有冷藏冰库前灯火璀璨耀眼。制冰厂的电动制冰马达声一直持续到深夜。有几个人影坐在附近的岸壁上垂钓竹笑鱼。

一眨眼的工夫，码头上的船只已经增加了许多。其中一艘白色船只的船身不知何故，忽而隐隐发亮，忽而又暗淡下去。原来是湾口灯塔的余光照射到了那里。对岸的银色储油罐也随之时而显露出小小的白点，时而消逝不见。从这里看到的夜空，越发繁星似锦。

幸二再度想起优子的事。只要与她分开，哪怕只是片刻，他的整个心田都会一直被优子满满地占据。船缆在嘎嘎作响。船舶任性地牵拽着缆绳，然后又被缓缓地拉回。幸二在终于要开启人生旅途的年龄,邂逅了这个无法形容的冷漠女人,这个冷酷而又让人捉摸不透的女人。这只能说是他命运不济。是他的命。世上有很多年轻人,就像戴手表一样,几乎是毫无意识而又轻松愉快地承接着自己的命运。不过他的命运俨然就是一块石膏。

虽然他已陷入爱恋,但又处于背德和无法掌握对方心态的模糊不清的苦恼中……如今他甚至不明白当初优子为什么会邀请自己来到这片土地上。倘若那仅仅是源于表示歉意和赎罪心理的话,那么在那个瀑布深潭边上的接吻和那些刻薄的话语,又该作何种解释呢?如此一来,恋慕优子的心情,就会变为优子到底是怎样一个人的疑问。他产生了戒心,自己的身体似乎将再度被缘由不明的焦躁所捆绑。心灵被不确定的物体所囚困是一种不祥之兆。在牢狱里时,他理应清楚地看到过所谓刑罚的物质方面的明晰度……"我是一个悔悟的人……",所谓悔悟就是对明晰度的体会。

自打在瀑布野餐后,幸二的生活就发生了彻底的变化。最近一个时期,从一大早起床时起,他便期待着优子能在一天的时光里把微笑送给自己。但当优子偶尔冲他报以微笑时,他又只能认为那并不是爱慕自己的证据。

——松吉跳下舢板,拽着缆绳,让船靠近了码头的石阶。阿清想要把拿着尤克里里琴的喜美扶上舢板。幸二突然扭头,将目光扫向制冰厂方向。他看到从那大敞四开的入口处,一道金色的光洒落在暗淡的混凝土地面上。那是一大片安宁、徒劳、看似神秘的强光。为什么在夜里,这片强光会聚集在这里呢?

松吉摇着桨,舢板笔直地划过湾口。即便来到水面上,也依然没有一丝风。

航空自卫队的维修工阿清，终于情不自禁滔滔不绝地向大家讲起不久前参与处理喷气式飞机坠落事故时的情形。

"……当时，从扩音器里发出了状况通知。说是：'刚才发生了突发事件！T-33A、A/C、NO390，故障为引擎熄火，目前所处位置为渥美半岛上空。'

"情报到此为止，此后就断了音讯。我们马上派出了F-86F前去引导，但回复却只有'看不到390号飞机的踪影'这一句话！大家全都脸色苍白。当然，还派出了两架救援直升机。它们尽可能以低空搜寻的方式飞行，最后终于传回了'坠机现场已被确认'的噩耗。

"我们分别乘坐GMC，按照空中直升机和地图的指引，用了大约两个半小时的时间，这才终于抵达现场。机体笔直地插进了地面。露在外面的一点点机尾，正在噗嗤噗嗤地冒烟。一股无法形容的气味。我永远不能忘记滚落在田里的两个安全帽迎着落日拉出长长影子的情景。

"由于天色渐晚，我们便决定将挖掘作业及遗体回收工作留待第二天早上进行。更何况我们并未准备照明设备。大家只能收集一下散落于四周的机翼碎片，摘些周围的野花，和线香一起献给死者做一个祭拜，整整熬了一个通宵。

"那是一个非常悲伤的夜晚。几乎就没有人开口说话呀！现场三十米见方的地方拉上了围绳，禁止围观者闯入。一整夜站岗轮值，对四周保持着警戒态势。再也没有比那更令人悲伤的夜晚了！

"我们不过是一些与枪械无缘，只是拿惯了扳手或螺丝刀的维修工而已。虽然不太习惯这种警戒任务，但总算平安无事地度过了那个漫长的夜晚。烧焦的机体臭味虽然渐渐淡去,但一整夜都萦绕在鼻尖。

"后来,黎明降临了。东方的天际泛起鱼肚白。我们知道:那个巨大的、圆圆的太阳,迟早都会升起的。那个黎明太震撼了!那种太阳令人无法忍受。那个闪闪放光、温和可人的太阳!不过,在它升起以前,黎明的第一道曙光,就已经令烧焦了的残留机尾反射出令人目眩的光。那光真是美丽极了!也正因此,大家才觉得自己似乎总算一清二楚地看到了事故的惨状。"

"后来怎样了呢?"

喜美问。

"就赶紧拼命地挖呗!仅此而已!"

说罢,阿清就闭上了嘴巴。之后他又突然话锋一转,说道:

"我们有一个小小的花园。与其说我们,莫如说是维修小队修建的。我偶尔会去帮帮忙。我们管它叫'玉成园'。源于'艰难困苦,玉汝于成'。有一个小小的蔷薇拱门,还有一个很显眼的凉亭,假山上也有红色的鸟居,小池塘里也有金鱼在游动。到处都种满了花木。还有康乃馨呢!最近种上的仙人掌,是军人服务社西饼店捐赠的,此外还有金莲花。"

"全是献给死人的花?"

"胡说!那儿的花是献给活人的花!……不过,说来我们都是在滨松,我怎么就没碰到过喜美你呢?"

"因为你到滨松的北基地还没几天嘛!那么大的一座城市,怎么可能找到我呢?更何况我还巧妙地躲了起来!"

"嘿,就这样式的!"

松吉一边缓慢地划着舢板，一边轻松地打趣道。

幸二羡慕阿清单纯的、抒情式的灵魂，羡慕那颗宛若玻璃橱窗里的夹心面包一般，任谁都可以清晰看到的温和饱满的灵魂。监狱的院子里也有一个和阿清所言类似的花园。那个花园由服刑者们精心培育而成。幸二虽然没帮过忙，却也在远处爱着它。极度怯懦地、深为迷信地、痛切地，而且略含厌恶地爱着它……此外，他还有一段心灵被金莲花那卑俗的鹅黄色调所束缚的记忆。但是，与阿清不同，幸二绝不会把这种记忆吐露出来。

松吉呢？他简直就像是一只愚钝的幼兽。

幸二突然这样说道：

"喜美呀，你刚才已经那样发过誓了，应该在这把尤克里里琴上留下点证据才是！"

"证据？"

幸二说，应该在尤克里里琴的琴身上刻出"With Love Kimi"的字样。喜美虽然有些犹豫，但最终还是答应下来，并借来阿清的小刀，委托幸二在那里刻出小小的英文字母。光润的黑褐色琴体表面随着刻字迸散出白色的粉末。喜美说，她觉得这就好像是在自己的手腕上纹身。接下来她便轻触了一下幸二的手腕——为了防止小船的些许摇动破坏正在雕刻的英文字母笔画，幸二的手腕正在紧张牢固地支撑着尤克里里琴。

浦安的森林位于海角的顶端，被防波堤的里侧所环抱；而灯塔则位于防波堤的尽头。森林的东侧面对湾内宁静的小海湾，西侧则与隔着堤防的外海的荒凉海滨直接相连。在密林正中，有一座供奉着镰仓时代初期松竹飞雀镜的神社。

他们来到湾内诸多小海湾中最为静谧、铺着白沙的浦安湾口，准备在那里品味夜泳的妙趣。

海边的水很浅，船底已经沾上了泥沙。将缆绳放到最长，绑在岸边的朽木上以后，这才勉强完成了结缆。三个男人无不讶异于喜美的周全准备。她爽快地脱掉了海滩装，因为里面早已穿好一件白色泳衣。三个男人无奈，只好穿着内裤下水游动起来。

村庄的上空泛起一轮新月。幸二认出了位于村庄北山上草门家那微弱的灯火。微醺的胸膛突然浸入水中以后，心脏陡然不安地快速跳动起来。它使幸二生出一种类似悚惧的快感。他在狭窄的海湾内来回游动着。

"影子啊！快看那影子！"

喜美在水面上仰首喊叫起来。那欣喜若狂的叫声，就好像打水漂儿似的在水面上跳跃，打破了不时响彻耳际的远方外海波涛击打岩石的声音。举目望去，能见距离达十二海里的灯塔光线，每隔两秒便明灭一次，将四人的泳影妙趣横生地斜映在海湾的研钵形白色海底上。

享受了大约十分钟的游泳乐趣后，四个人爬上岸来，走进浦安的森林里。即使在森林里，灯塔的光也是每隔两秒便闪电一般射入，带来一种令人不安的明暗变化。本来是夏季，可森林里似有若无的小径上却已然覆满没至脚跟的潮湿落叶。豹脚蚊肆虐。随着脚步往林子深处的前移，外海波涛的轰鸣声开始在诸多树干上回荡嘶鸣，听来尤为隆隆震耳。四个人裸身前行缄默无语，不停地拍打着麇集于周身的蚊虫。

"我们就在这里燃起篝火吧。既可驱散蚊虫,又可烘干身体。"松吉提议。

喜美带来的只有那把尤克里里琴,于是阿清跑回船上去取火柴。他们用附近的枯树枝燃起一小堆篝火。大家围坐在篝火四周后,内心平静下来。喜美弹着尤克里里琴,低声吟唱着。

火光映照在尤克里里琴的琴身上。喜美依旧濡湿着的裸肩,在越过树木低侧树枝射入的灯塔光线照射下,镶上了一圈青白色的边。无人说笑、无人戏谑,大家全都充满优越感地沉浸于城里人所不知的特权乐趣中。

……四个人望着小小篝火的火苗沉默着。眸子上的潮水渐渐干去,他们凝视着摇曳的火苗,不知为何感受到一种锥心的痛楚。

"把尤克里里琴给我!"

突然,松吉以粗重的嗓门说道。他的声音清晰无误地显示出一种经时良久的踌躇与决心。喜美紧紧地抱住尤克里里琴拒绝道:

"不要啊!"

于是四人再度陷入沉默中。但此次沉默已经完全失去了和乐的感觉。

片刻后,松吉以照比先前更为笨拙的语气,叮嘱似的执拗地说道:

"我跟你说呀……这儿有三个男人!你只能把尤克里里琴交给其中的一人不是?那就把它给我好了!"

松吉的裸身在三人当中最为伟岸。他膀阔腰圆,胸前的肌肉似夏日的云朵般隆起。声音也是沉闷忧郁,惟妙惟肖地体现了其肉体的威严。

喜美好像总算意识到自己的回答已经迫在眉睫无可逃避。她以犀利的眼神目不转睛地望着松吉。于是，在互相盯视了片刻后，她终于说道：

"不！"

松吉恼羞成怒，充血的面孔在夜里也同样清晰可辨。他忽然伸出了强壮的手臂。此时，幸二只觉得松吉的力量正在冲向喜美的身体，于是下意识地斜过身躯想要护住喜美。

幸二无由知晓松吉做出了怎样的判断和取舍。总之无疑的是：松吉之所以下此决断，目的是想要让思考摆脱某种迷乱。若在平时，他一定会做出如下选择：毫不犹豫地和两个男人干上一架，然后掳走喜美。可眼下的松吉却不再相信自己的肉欲（即便在他的一生当中，这也是绝无仅有的），取而代之的是相信了一个观念，也就是完全相信了那把尤克里里琴。

他粗暴地从喜美手中抽出那把尤克里里琴。说来幸二只是顾着护佑喜美的身体，故而尤克里里琴轻而易举地就被松吉掠去。在那一瞬间，幸二不由自主地窥望了一下阿清的脸。这个正直的年轻人，面孔为一种抒情式的不安所朦胧浸淫，嘴唇微张，似乎始终被束缚在那个朝着鲜花与朝阳闪烁发光的机翼以及充满悲壮之死的世界渊底。而眼前发生的这一事态，则完全没有把他的荣誉当回事儿。

喜美站了起来，不顾一切地揪住松吉的胳膊。尤克里里琴摇晃着，在两人的头顶危险地舞动。松吉终于抵挡不住了，他把尤克里里琴丢向阿清。赤裸着的阿清如大梦初醒一般，灵活地动了起来，用一只手接住尤克里里琴后便跑开了。阿清的这个动作极为自然。他无疑在那一瞬间，意识到了自己的不可或缺。

喜美一边发出悲鸣，一边转身去追赶阿清。阿清又把尤克里里琴丢给已是自由之身的松吉。于是松吉大笑起来，声音几乎能够在森林里回荡。他跑向湾口的海边，再次把尤克里里琴丢到阿清手中。于是，在阿清和喜美争夺尤克里里琴的当儿，松吉飞快地解开缆绳，水花四溅地蹚着海水，纵身跳到舢板上。

他把喜美和幸二的衣服丢到岸上后，便去迎接手举尤克里里琴跃入水中赶来的阿清。他拉着阿清的手把他拽到舢板上。

喜美站在岸边大声咒骂起来。看样子似乎放弃了游泳追赶他们的念头。

舢板载着阿清、松吉和尤克里里琴，在湾上渐渐远去，水面上只残留着松吉的笑声。

片刻后，舢板划到了海湾中部。松吉把船桨交给阿清，抱起尤克里里琴弹奏起来。那跑了调的琴音，飘到被抛留在浦安海滨的幸二和喜美耳中。

……在那之后便发生了意料之中的事情。当喜美再度回到森林中的火堆旁后，她对幸二说，刚才之所以没有游过去追船，是因为想和幸二两人独处。并说她非常清楚幸二爱恋着优子，只是今夜一晚，自己情愿成为优子的替身！

幸二几乎无法说出自己的感想。他觉得喜美这种悲戚的自我牺牲的话语着实太傻。总觉得这些话，似乎与拙劣的烟花绽放无异……最后，幸二恳求喜美不要再讲下去了。

外海的汹涌波涛声、渐次衰弱下来的篝火火苗、闪电般自树木间隙射入的灯塔光线、冉冉升空的一弯新月、布满苍穹的似锦繁星……这当儿幸二反而忘记了优子，他在享受丝毫也不思念优子时的乐趣。他觉得自打少年时代起，自己还从未有过这种世之万物皆为己友的体验。但是品味了一番以后，他又觉得这一切都是巧妙的骗术。新月的骗术、隆隆波涛的骗术、徘徊在喜美发际的豹脚蚊忧郁低吟的骗术。当他把脸埋进喜美庄严的双乳中并意识到喜美那羊皮般绷紧的肌肤触碰到了自己的舌尖时，便不由得将自己的这一陶醉，与在牢狱中时由那些年轻囚犯日日研磨的那个完美的肉感宝石做了一番比较。与之相比，今天的这些只不过是一种拙劣的仿造而已。而正是这些，被人们谓之为自然。

——喜美的身体咸咸的，好似一条被盐腌过的鱼。事后她死死地望着男人的双眸。那目不转睛的眼神，似乎是在衡量男人刚才品味到了几多的快感。这也是幸二想要告诫并制止她的事项之一。

即便如此，幸二的身体也还是得到了满足。宛如波涛留下濡湿的沙滩，而后便退去一般，肉体留在那里，欲望已然退去。总而言之，这是他久违了的体验。他仔细地注视着喜美，送给对方一个事后的轻吻，并小心翼翼地不让自己的眼中流露出谢意。此刻他才第一次意识到："我成了一具单纯的肉体。像狗一样，只有肉体。"他觉得自己似乎已从"命运"中得到了些许治愈。

两人把衣服绑在头上，从灯塔下方跃入海里，循着湾中最短的路线游了回去。海水在涨潮，但他们并不惧怕被潮水卷到海面上。他们游到飘逸着臭油味的船舶中间，各自迅疾穿好衣服，分手后打着赤脚返回了家中。

数日后再度下山来到村中的幸二，立马听到了有关年轻人的流言。据说阿清总是随身携带着喜美的那把尤克里里琴。好运气的阿清成了村中青年艳羡的对象。然而无论别人怎么执拗地追问，阿清只露出温和的微笑，绝不肯多说一句。

那天夜晚，松吉以有秘事相谈为由，把幸二从"海燕"里叫到屋外。原来就在大家一起去浦安的翌日傍晚，喜美终于悄悄地委身于松吉。不过在此之前，松吉和阿清，就已经达成一个有关他们之间友情和利害关系的秘密约定。阿清取其名，松吉取其实。阿清做出了从松吉手中获得尤克里里琴，但绝不染指喜美的约定。当松吉向喜美悄然和盘托出这项秘密约定后，喜美突然笑了起来，竟近乎意外简单地，甚至可以说爽快地答应了松吉的要求。松吉则认为这是喜美从一开始就对自己心仪的证据。

他再三叮嘱幸二要帮他守住这个重大的秘密。而幸二则感到诧异，眼前的这个男人，居然毫不怀疑自己和喜美的关系。

是日夜晚，幸二想起了他留在浦安森林里的木屐和喜美的凉鞋。当时是胡乱脱下的，大约不会被误解为两人殉情后留下来的鞋子吧。如果涨潮时海水能使它们完全浮于水面，退潮后再漂到外海去就好了。否则木屐和凉鞋就会像废船一样，半沉于水中并腐烂下去，不久后就变得残缺不全，成为海蛆的栖身之所吧。它们将不再是木屐，也不再是凉鞋……曾经一度属于人类的它们，便不再是人类的物品。它们将融入这世上可怕而又形式多变的万物中去吧。

第五章

优子几乎从不看报。给人的感觉是：她可能是故意不看。而逸平本来就看不懂，却每天早上都要花费一个小时以上的时间，用双手将报纸完全摊开，对着那份报纸轻轻地摇头。之后就会把报纸交到正在干活的定次郎和幸二手上。二人有时会立马埋头阅读，有时直到晚报送来，都还没来得及看晨报。

那天早上，当幸二结束叶面喷雾作业走出温室时，他看到定次郎正坐在其经常乘凉的合欢树花阴下的庭院点景石上，专心致志地阅读报纸。上午的阳光已经十分强烈，周遭蝉声阵阵。

走出摆放着印度指甲兰和非洲彗星兰等花卉且温度高达华氏七十度以上的兰室后，幸二没有用手指拂去被汗水粘在腕上的小小叶片，而是一边粗暴地用雪白的牙齿把它咬落，一边缓慢地向定次郎那里走去。当牙齿触碰到叶片时，他在近处看到了自己被太阳晒红了的手腕。那是一种恍若这个村落的昆虫保护色一般，与其他任何人都别无二致的漂亮的棕红色。幸二于无意识中期待着自己的皮肤被完全晒红，然后再跑到"海燕"等处去。刚从牢里归来时肌肤醒目的白色已经荡然无存。那种神圣的白，已经从他的肉体上消失。太阳为他彻底换上了一件欺人眼目的肉色紧身衣。他试着尝了尝披着假内衣的腕部,看它会是何种味道。那里咸咸的,与喜美身体的味道并无二致。那种笨重、单调、毫无体恤和廉耻的咸味……

——正在读报的定次郎,身上穿着一件老旧的运动背心。背脊虽在阳光的灼热下郑重地挺立着,却因为耽于阅读,加之不以为意,故而失去了往常的力度,看上去宛如黑洞一般空虚。后脖颈上的稀疏银发闪烁着硬朗的白色光芒。幸二不禁想起有一次定次郎这样躬着身躯缝补衬衫时的样子。他凝神注视着生活中那小小的绽开处,为了尽快阻断从那个小孔孳生出来的黑暗而又漫长的孤独时光,采用了同一种姿势,专心致志地缝补着。

定次郎并未发现幸二正在从身后靠近自己,因此幸二理所当然地看到了他正在阅读的文章标题。

老和服店主,掐死亲生女儿的字样映入眼帘。

定次郎突然发现了幸二,旋即把目光转向其他角落上的标题。幸二还是第一次看到定次郎对他人有如此敏感又迅速的反应。

"吓我一跳!怎么悄无声息地就过来了!"定次郎说。随后便粗暴地敲了敲报纸(当时飘落下来的几片淡红色合欢花瓣,不可思议地落在报纸上),指着一则比较小的报道继续说道:

"你瞧,今年台风好像来得早。我们该做点防风准备了。"

"是啊。那就从明天开始吧……"

幸二把双手的大拇指插进蓝色牛仔裤前面的口袋里,略显傲慢地说。这种并无意识的傲慢口吻,是他不怀好意地试探别人时的敲门砖。

"今天喜美小姐就要回滨松了吧?这个点也应该过来道别了呀!"

"是啊,应该过来打招呼的吧。"定次郎以干哑的声音说。

坚毅的脸上虽然并未出现任何变化,但可以看出,他的内心世界已在咚咚作响,泛起种种感情的波澜。幸二想起自己小时候把几只独角仙放到纸盒里玩的情景。尽管从坚固的厚纸盒表面根本就看不到里面的状况,但却从纸盒内部弥漫出一种不同寻常的焦虑气氛。黝黑笨重的独角仙互斗的声音、它们的挣扎状态、互撞的虫角、和缓波涛似的憋闷氛围——这一切都似亲眼所见一般明了。眼前的定次郎,与那时的情景并无二致……

幸二成了冲动的俘虏,他想借助小刀的一击,从纸盒的外部凿开一个孔洞。于是,他进一步说道:

"喜美小姐在村中可是出了大名啊!从各种意义上讲……您是知道的吧?"

"我知道。"

定次郎的回答居然毫无怒意。他的这种平和语气令幸二感到讶异。

定次郎花白的脑袋,完美地禁受住了任何直射阳光的暴晒。它在触感敏锐的合欢树叶的纤影下,显得极不协调。给人的感觉是这位老人并不会如幸二所期待的那样对苦恼已经免疫了。定次郎面部被日光蹂躏出的深深皱纹,以前本来看不到一丝烦恼的影子,但如今望去,皱纹几乎是肆无忌惮地述说着赤裸裸的苦闷。一定是因为它太过明显,所以至今反倒没能将其看作苦恼的标志吧!就像船的吃水线只是被视为摆设一样。

定次郎倏地瞥了一眼蹲在旁边地上的幸二。幸二拿着小树枝,在干燥的地面上画着三角形和四方形，并用树枝尖儿粗暴地碾碎了几只行动慌乱的大蚂蚁。一小块地面已被数只蚂蚁的体液濡湿。在那被烈日暴晒裂开的地面上，方才还在活动的一只又一只蚂蚁，如今已经变得一动不动——世界就是如此这般无时无刻不在人们意识不到的情况下发生着微妙的变化。

定次郎用他那已被晒黑的大手轻轻地拍了拍幸二的肩膀。幸二回过头来望着老人的脸，只觉得老人似乎想要说点什么，话语恍若熟透后行将自然落地的水果，就要从嘴角倾吐出来！定次郎的脸上浮现出一种极为谦逊的笑意，并快速说道：

"你还不知道喜美为什么讨厌我吧？她母亲死后没多久，我就强暴了她。就是从那时起，这姑娘就离开家门跑到滨松去了！"

幸二愕然盯着定次郎的脸。定次郎向没有资格了解此事的他做出这种自白，这明显不妥。

当时，定次郎的左手缓慢地转到短裤的后屁股兜里。那只发黄的焦褐色手上，布满了皱纹和隆起的静脉。此外还有被蔷薇刺、锐利的叶片、矮竹和仙人掌等扎破的微细旧伤——而手掌则被这些因为长期泡在泥土和肥料里、发出鲁钝光泽的旧伤所掩没。这只伤痕累累的手，从后屁股兜里掏出一个被半张白纸认真包裹着的护身符样的东西。定次郎在透过树荫的日光下打开了它。当那满是老茧硬皮的手指触碰到白纸后，纸张立即发出一种干燥夸张的声音。他从里面取出一枚贴在衬纸上的照片，把它拿给幸二看。

由于幸二是在日光下接过照片，故而未能立刻看清照片的内容。白色的部分反射着耀眼的阳光，呈云朵状占据了画面的中央位置。幸二避开反射，将照片斜持使之显出阴影。原来是一张穿着水手服学生装的女生和一个身穿制服的男生的性爱照。两人的下半身全都一丝不挂。

仰面朝天的女生，脸蛋看起来很像喜美，令幸二大吃一惊。但仔细一看便发现，只有眉眼与喜美相似。这个女孩儿显然不是喜美。

定次郎露出一排与自己年龄不符的健康牙齿，嘴角再次泛起一抹怯怯的彬彬有礼的微笑，把脸凑到照片上方。不过，这个向前探脸的动作，给人以一种极为失礼的强人所难之感。

"怎么样？有点像吧？我去东京时搞到手的！"定次郎说。

——嗣后在和喜美做简短的告别时，定次郎方才不打自招的自白，给幸二看到喜美时的心灵蒙上了一层忧郁的阴影。

那根本就是一种不听为宜的自白。幸二不明白他告诉自己的目的是什么。也许根本就没有目的吧？久匿于这个老渔夫心头的粗野烦恼，与酒慢慢变质为醋相似，大约已经变为一种令人不快的嘲笑了！他的罪恶感已经烟消云散。幸二对定次郎今后将要度过的暧昧而又混沌的余生感到恐惧。伴随着他的，将只有不和、敌意和绝难获得的宽宥。这一切都将与色情、安逸以及自己独享的甜美回忆等混杂在一起。其人生只能像定次郎自己的脸一样坚硬。而一旦被这个老人所嘲笑，无论是什么东西，都只能变质为醋吧！幸二也好，优子也罢，即便逸平也是如此。

喜美把行李寄放在青涛旅馆，两手空空地登上山来话别。离开船的时刻只剩四十分钟了，故而从进门时起，她就显得心神不宁。身上的草绿色连衣裙已被汗水彻底濡湿。来了后立刻匆匆喝了几口温室入口处的自来水。

当时，优子正和年轻的女佣一起准备午餐。由于年轻的钟点工女佣无论如何都无法掌握用燃气煮饭的要领，所以来到此地以后，优子已经换过五个年轻女佣。她有理由怀疑：她们或许就是来递送怀有敌意的怠工通知吧。敌意总是乘着南方刮来的风，自村中隐隐地飘上来。而一旦见面后，必定会做出一番和蔼可亲朴实无华的寒暄。

喜美转到了那个厨房的门口，在面对长满羊齿蕨石墙的厨房门口开口说道：

"太太，你好。味道好香啊！"

"哎呀，喜美！听说你今天就要回去了？一起吃午饭吧？"

"不用了，会来不及乘船的。"

草门家的用餐原本是在揣摩出逸平的民主意向后，由夫妇俩和定次郎三人一起享用的。可是不久后，定次郎却谢绝了这种特权。因此便形成夫妇俩单独面对餐桌的习惯。最近幸二来了以后，定次郎仍然固执己见，于是就变成逸平夫妇和幸二三人一起坐在主人桌上享用一日三餐。幸二虽然多少开点工资，但在伙食方面依然享受客人的待遇。此时若再加上喜美的份儿，难题就会出现。可喜美若是拒绝，则再好不过。

优子的料理原本就不太合乡下人口味。她用黄油和牛奶调味，在模仿法国料理上下功夫。时而殚精竭虑，时而又草率马虎，然而逸平却从未抱怨过。

喜美虽然嘴上说着时间太紧时间太紧，却又在厨房门口踱来踱去。于是正把荷兰豆炒得噼啪作响的优子头也不回地说道：

"去跟我先生打个招呼吧，他在客厅里呢！"

"好的！"

喜美把厨房的地板踩得吱嘎作响，粗鲁地走了上去。当她经过优子身后时，突然问道：

"幸二先生呢？"

"阿幸？"

这一次优子可是明显地回过头来注视着喜美，目光扫向喜美那在她眼前晃动着的胸口——里面是一对汗津津的硕大的乳房。

"刚刚让他送花到寺院去了。你在路上没遇到他吗？反正午餐前他会赶回来的。"

优子以闷声闷气的声音说。

从寺院跑上坡路返回温室的幸二，在白蔷薇拱门处遇见了被优子送出门外即将离去的喜美。他不明白优子为什么要送到这里，也许是顺道吧？幸二倏地窥望了一下门内，到处都看不到定次郎的身影。

由于一路跑来的缘故，幸二有些气喘。他默默无语地比较了一下两个女人的脸。与喜美看上去精力旺盛的面孔相比，优子脸上的些许衰老难以掩饰，但反而看上去优雅清澈。

自打方才听了定次郎主动吐露的秘密后，幸二便觉得充溢于喜美娇小身躯内的那股力量，恰恰就是生存的力量。与讨厌冲澡的婴儿将水撩向四周相似，她是迫于无奈才将泼在自己身上的浑黑脏水向周遭反泼回去。如今的幸二，已经理解了发生那件事后喜美紧盯着自己，仿佛在衡量自己获得了多少快乐似的眼神的含义。那是她将自己与重度病毒相似的秘密与罪过，传染给他人之后的窥视眼神。她大约是想把那份受辱的记忆，在对方并不知情的情况下，分发给众多的男人吧。她喜欢在性伴侣面前伪装自己。她想取代优子，让幸二爱上自己；她想在不给尤克里里琴的情况下，也让松吉爱上自己。当时的灯塔闪光令她脸色苍白。一边聆听外海的阵阵涛声，一边任凭幸二爱抚的喜美，双眸紧闭，她肯定是默默地在心底反复描画着灼热的、令其重新燃起青春之火的受辱情景，描画着自己厌恶的根源……

"给您添麻烦了。从明天起我又要去工厂上班了！"

喜美说着寻常的寒暄话。

"台风马上就到。今天回去可是聪明之举呀！"

幸二说。他不再气喘吁吁，但浑身依然汗水淋漓。

"你快去冲澡吧！瞧你这汗出的！而且马上就要开饭了！我也邀请了喜美，可她说怕赶不上船！"优子说。

不知为何，幸二对是否应该马上告辞前去冲澡有些犹豫。喜美觉察到这一点后，遂立刻话别并迈开了脚步。幸二无法不立刻在优子的眸子深处，寻觅她对喜美这种眼力见的敏锐反应。然而优子的目光始终是呆滞的。

"再见了。"喜美说。

喜美的眸子像果子绽开一样，突然眨巴了一下。她向幸二抛出一个露骨的媚眼，并拢住他的手指尖儿，用力握了一下。随后便死死地盯着幸二，不肯松开手，轻轻摇晃着。

优子撩了撩头发。幸二依然只是望着优子，内心满是从容。他还是第一次能够用如此轻松的眼神来观察优子。优子的眼神依旧虚空，她稍微侧了侧脸，慢慢地整理着自己的头发。这是一种令人担心的动作，恍若把手伸到暗黑繁杂的记忆中进行搜索。优子那五根神经质似的起伏着的手指，仿佛取回了往昔的点滴记忆和慵懒。她用手指抽出一根发夹（发夹在一瞬间里受到阳光的照耀，闪烁出深紫色的光芒），用它不掺杂任何感情地扎了一下喜美的手背。

喜美发出一声惊叫，随后便飞身离去。远处传来她大笑的声音。她躬着身躯，像只野兽似的，一边用舌头舔舐自己的那处伤口，一边跑下坡去。在其身影消失在拐角处种满吊钟花的篱笆墙那边后，依然能时不时听到笑声。幸二觉得在那条呈缓坡状的干燥道路尽头，喜美瞬间吐出的舌头，正像一小簇杏黄色的火焰闪动着。

幸二以谄媚的表情扭头看着优子。即便打算做出阿谀状，他脸上也是一种坦然、充裕、意气昂扬的阿谀。他极力不让自己的笑靥与喜美的笑声融为一体，越发笑得明快起来。

优子转身朝屋子走去。

"你快点去冲澡呀！我受不了你的汗臭味！"

幸二从侧面窥视着。他发觉优子眉头紧锁，甚至都能清晰地勾画出阴影来。优子现在考虑的似乎只有幸二的汗水，她恐怕在憎恶那些汗水。

草门家极为宽敞空旷。逸平夫妇睡在一楼正房旁十铺席大的屋子里。正房那里还有一个十铺席大的起居间、八铺席大的餐厅等，此外还有几个不常用的小房间。后面则是定次郎的房间、宽敞的厨房和浴室。二楼是很少使用的十二铺席大的客房，以及旁边幸二六铺席大的卧室。入夜后，逸平夫妇、幸二、定次郎，他们分别在这栋建筑物内的各处房间里就寝。

那是一个无风而又闷热的夜晚。难以成眠的幸二在蚊帐里赤裸着身躯，趴在棉被上信手翻阅着一本从村内出租书店借来的低俗杂志。幸二本以为入狱期间对铅字的饥渴已经使自己产生了强烈的求知欲，然而那只不过是一种假象而已。来到这里以后，幸二更是失去了阅读正经文章的兴致。满载着丑闻、漫画、武打或历史小说等绚丽内容的厚厚杂志，边缘像肮脏的人造花一般翻卷着。他从头开始翻阅着，一会儿试着看看"本月运势"，一会儿又认真搜罗起七号铅字的投稿栏。在晦暗的台灯光线下一直看到眼睛发痛。

二十八岁的单身男性，希望与女性交往，有意者请来信并惠赐照片。

我是一个二十岁的女店员。每月两次公休时能去看电影者请来函。电影票钱由我负担。

没有家累的女性请来函，让我们互相慰藉吧！

附近有人愿意廉价转让信鸽吗？另，也希望能做笔友。本人是二十二岁的工人。

这本杂志由四个分栏组成的数页上，充斥着来自日本各地的腥臭气渴望。寥寥数字便暴露出伪装成快活的孤独。众多难以形容的孤寂、无以言喻的渴望被爱的欲望。幸二被陶冶过的想象力像玩扑克牌一样，把某人与某人配成一对，描绘着这种轻浮的通信的结局。几度鸿雁传情的男女晤面后，就会在彼此的脸上发现同样的孤独与贫乏。尽管如此，那种想要完成一度描绘过的幻影的焦虑，还是会促使二人笨拙地相拥、在逼仄的旅馆迎来黎明、共进旅馆的早餐、屋顶上饲养着的信鸽、横陈于壁龛布袋旁的相同杂志、相同的投稿栏、复苏的希望、在其他对象身上被再次描绘出来的幻影、无尽的重复……

——即便到了深夜,天气也依旧酷热。他多次擦拭着脖颈上渗出的汗水。优子为幸二新买的蚊帐气味,满满地淤滞在蚊帐里。没有一丝风,僵硬的淡绿色折线怒气冲冲地挺立着。光线朦胧处,蚊帐边角的衬里呈现出鲜艳的朱红色。这个棉质蚊帐的四角有些扭曲,似乎在暗示这就是幸二所居住世界的形态。

该睡了。他熄了灯,赤裸着身躯睡成了一个大字形。他觉得床单就像是自己身体的影画,正在按照体形吸走自己身上的汗水。然后他闭上了双目,眼前浮现出今晨看到的与喜美酷似的女孩的性爱照。在慵懒暑热的黑暗中,如刀刃般皎洁刺眼的身体正在四处滚动。虽已熄灯,却还是有一只飞蛾落到蚊帐上,扑腾出令人心情郁闷的鳞粉。他在黑暗中紧盯着那个不安分的影子。飞蛾挣扎了片刻后,从敞开的窗口飞了出去。

猫头鹰的叫声。夜蝉挣扎似的偶尔的鸣唱。在这种静谧中,还可听到远处传来的浪潮的喧嚣声。幸二惧怕这种萃取物一般浓厚的乡村之夜。白天看似处于睡眠状态的所有物体,一到夜里就全都苏醒过来。那活生生的姿态,远比都市之夜更具肉欲。暗夜本身就像是一块巨大的、严酷的、热血充盈的肉。

幸二敏锐竖起的耳朵,捕捉到了一种蹑手蹑脚爬上楼来的脚步声。他绷紧了身躯,窥望着黑暗中的动静。这个六铺席大的房间,有个朝北的大窗户,南侧则面对装有扶手的宽大走廊。为了透风,完全没有安装护窗板。因此,躺在那里就可以眺望到南侧的广阔苍穹。登上楼来的人影,背朝星空止步伫立着。那是穿着浅红色长睡衣的优子。

幸二的胸膛激烈地跳动起来。他想要跳出蚊帐。

"不要出来,不可以出来的!"

优子压低了声音严厉地说。幸二犹豫了片刻,在床上坐了起来。

优子在蚊帐南侧松垮的底部侧身坐下。于是蚊帐的那侧便紧紧地绷了起来。可以感觉到被粗暴拽拉着的蚊帐吊绳,正在室内的两角危险紧张地战栗着。

"到这边来。可你必须待在里面哟!"

优子悄声说道。她的脸凑到蚊帐旁,在黑暗中看不清楚。幸二朝那个方向膝行靠去。随着身体的靠近,夜用香水的气味扑面袭来。绷紧的蚊帐微微描画出了优子丰腴的体型。

幸二用肩膀碰了碰那浑圆的身躯。优子并无退缩之意。

"你不明白我为什么要来这里吧?你看起来很惊讶呢!"优子以明朗流畅的口吻说。

"其实就是出于一个无聊的、符合女人身份的理由!我嘛,不满意喜美临回去时你露出的那副表情。我不是用发夹在喜美的手上扎了一下吗?之后你露出来的那副表情!那表情令我难以忍受!一想到那副表情,我就无论如何都睡不着了。所以就跑来啦!你呀,准是以为我吃醋了,对吧?"

幸二颔首,并巧妙地收回险些浮现出来的与那时相同的微笑。

"你误会啦!阿幸。我不是因为吃醋才做出那种举动的,我只是教训一下那个无礼而又傲慢的姑娘而已。在那种时候我不说话,用发夹——"优子似乎在犹豫着下面的话语。但是，如果踌躇太久，就会成为一种不必要的负担。大约是畏惧这一点，她旋即快速加了这么一句："就和你以前使用扳手一样！"

幸二已经做好不要就势和优子争吵起来的思想准备。因为自打瀑布野餐归来后，他就已经十分清楚：如果话赶话地和优子动怒，心灵深处的另一部分也会随之激动起来。于是他温柔而又谦恭地说道：

"也就是说，你又要拿话来刁难我了，是吗？"

虽然隔着蚊帐，但是对方的气息依然宛若雾霭一般，飘荡在近在咫尺的脸上。优子的气息颇为香甜。他以前就知道，优子似乎会往口中喷香水。一想到她为了这种人为的准备所花费掉的时间，优子生活中的孤独的把戏便已经昭然若揭。幸二从这含有香水味道的一丝气息中，突然看到了其生活空虚的一斑。优子近距离的接触，反而使幸二的身躯镇定下来。

"总之……和从前比我已经变了个人。因为我已经洗心革面了！"

"我也一样啊！"

优子多少有些夸张地说。

"你没有必要洗心革面呀！因为你根本就没有心。罪过已经由我承担了，你无须后悔就已经万事大吉了！"

幸二的这番宣告，不出所料激怒了优子。优子挪开相邻的肩膀，杏目怒视，结结巴巴地骂道：

"罪过由你承担了？多么冠冕堂皇的说辞！我可没拜托过你什么呀！当然了，你要是就想这么认为的话，那你就认好了。自以为是！净说漂亮话！就你了不起！而且你还可以一直装作老实人呢！"

……在那之后,优子以激怒逝去后平淡而又冷静的语气,向幸二做出不可思议的告白。这番告白的声音在幸二心中留下了长长的余韵。

优子说自己嫉妒的并非喜美,而是嫉妒幸二的罪。

对优子而言,由于未能背负与幸二相似的罪过,故而内心大为苦恼。自打去那座瀑布野餐之日起,这种想法就一直阴郁地盘绕在优子的心底。她盼望着能与幸二的罪进行竞争,并设法获得与幸二同等的罪、可与幸二比肩的罪。

听到这些话后,幸二故意以低俗的口吻嘲笑道:"你是想要做一个和我般配的女人喽?"随后又轻轻搪塞道,"你就是使出吃奶的劲儿,也不是一个能进监狱的大浴池洗澡的女人!"

他的体恤就像是在怒声激励一个神志失迷的人。

优子一边说着这种谬论,一边一味地沉湎于自己的苦恼中,忽略了幸二的苦恼。她在自己毫无意识的情况下,将心境告知了幸二。但幸二反倒喜欢这样。在优子的眼里,现在的幸二是个犯了罪后已经赎罪的人,是个可从本质上在心底予以信赖的人,是个同优子相比更为幸福的人!然而幸二本身,却是日甚一日地怀着恐惧的心理,束手无策地凝视着自己日渐淡薄的罪恶与悔悟之念!这种飘忽不定的不安与恐怖,恐怕难以传达给任何人。这是一种眼睁睁看着彩虹消散的心情!一种观看牢中浴室那神圣的沙漏的心情,热气逝去、光芒消退、细沙流尽,堕落成一种凡庸物体……

"热呀!"

幸二说。

"热啊!"

优子率直地说。黑暗中,透过蚊帐的嫩绿色,可以看到优子汗水津津微微摇曳的柔软乳房上部。似乎只有那里未曾受到暗夜的浸润,昭显出一团白皙。优子唇上素有的浓艳口红已被拭去。

"没有蚊子吗?"

"没有啊!一准是我的血不好喝吧!"优子微露出雪白的门牙,总算笑了起来。

随后她便把脸凑到蚊帐上,像做调查似的,目不转睛地注视着这个蹲坐在摇动的嫩绿色囚笼内裸身青年那突突跳动的太阳穴。她隔着蚊帐把鼻子埋在他的肩上,说道:

"你呀,身上有股子黑人气味!"

"不喜欢是吧?"

优子保持着原来的姿势,轻轻地摇了摇头。

这正是幸二期盼多年的瞬间。他伸出手去想要拥抱优子。优子刁难人的感觉已经消失,剩下的唯有温柔。幸二如果再忍耐片刻,或是自己爬出蚊帐,或是巧妙地把优子拉入蚊帐就好了。然而幸二却连蚊帐一起囫囵个地抱住了优子。粗糙的棉布一味地摩擦着他赤裸的胸部。吊环脱落了一个。棉布的褶皱裹住了幸二的躯体。就在此时,幸二感觉到:在那淡红色的长睡衣里,圆润的肉体开始滑出,并溜出了他的掌心。优子已从宽廊遁往扶手方向。她把滑落的肩头送回长睡衣里,站了起来。

优子一边喘息,一边凝视着静寂的蚊帐。随后便移开目光,瞥了一眼下方的庭院。五栋温室的诸多玻璃屋顶,在月光的照射下闪闪发亮。在映照着两三朵微烁夜云轮廓的玻璃下,可以窥望到植物在昏黑中蹲踞在地上的样子。温室看上去就像是一个淤塞着无数水藻的深邃水槽。

在兰花温室前伫立着一个身穿白衣的人。定次郎偶尔也会在半夜爬起，前去调节温室的温度，但那主要是在冬季。而那袭白裳却是毛巾布制成的睡衣，定次郎不穿这类浴衣。那个男人仰望着二楼，迈步朝这边走来。右脚是跛足。

"我丈夫在院子里呢！朝这边走来了！可他本来睡得很死的呀！"

优子以毫无恐惧的声音，冲着静谧的蚊帐喊道。幸二没有作答。

看到逸平朝这里走，优子受到了鼓舞。她的勇气似乎就是源自逸平！她靠近了蚊帐，看着仰躺着的幸二。幸二把双手枕在脑后闭着眼。优子想象着自己与幸二的睡姿瞬间进入逸平眼帘时的情景。优子觉得倘若逸平出现在这里，当着他的面，她可以无所不为。她觉得在这个时候，原本背着逸平无法做出的事忽然变得可以达成了，自己似乎已从长久的苦恼中得到了解脱。

从听到优子的叫声时起，幸二就已经意识到优子内心的这一剧烈的变化。他对优子的了解已经达到这种地步。于是，他那正在淡薄的悔悟感，再次栩栩如生地复苏了。它令幸二心中充满了"前科者的温顺"。这是一种令人怀念的温柔的情绪，幸二非常贪恋这种情绪。

"不能这样！你的想法是错误的！"

幸二让自己的身体死死地压住蚊帐下摆。但优子仍然打算从另一个角度钻进蚊帐。这一次幸二以半为恐惧慑服的、近似哀求的语调低声说道：

"别这样！求你了！别做这种事！"

优子的自尊心受到了伤害。她背对朝北的窗子，侧坐在蚊帐外面。她的目光明显憎恶着幸二。幸二也无法不去看她。出于无奈，他只能也以冷淡、充血、憎恶的眼神紧盯着优子。

——楼梯上传来逸平的脚步声。一听就知道是他的异样足音。他对自己的右手和右腿加着小心，用左手握着扶手，缓缓走了上来。走了很久都没走完。幸二觉得这架楼梯似乎正在延伸至无限的高度。

优子站起身来，将与客房相通的隔扇拉开一条细缝。即便是夏季，为了将客房与幸二的房间隔开，隔扇也一直死死地关着。半个隔扇都被幸二的桌子和小衣柜遮挡住了。久未开过的隔扇，扭动着发出了声响。优子轻巧地从那小小的缝隙中穿过。来到十二铺席大的客房后，她关上了隔扇。

幸二闭上了眼睛。因为头朝北躺在那里，他害怕从蚊帐下摆看到走向宽廊的逸平的身影。

"优子……优子……"

逸平在宽廊上边走边叫。

"在这儿呢！"

耳畔传来优子从黑暗并且散发着霉味的十二铺席大的客房跑出的声音。

幸二依旧双眸紧闭，注意着二人的动静。夜已深，风轻拂。经过蚊帐网眼过滤后衰弱下来的风，轻轻飘荡在幸二的肌肤上。它反而使幽居于体内的热，感受得更加明显。

"冷！"

逸平说。他加重了声音的力度，可以明显地听出一种本无必要的断定语气。那声音就像是笨重的拐杖尖儿，叩击着黑暗并回荡着。

"不是'冷'吧？是'凉'吧？"

优子说。

"凉……我想在这儿，睡觉！"

"诶？"

"凉。想在这儿，睡觉。从明天起！"

逸平说。

在台风来袭的准备工作开始前，东京园艺的定期卡车来了，因此定次郎和幸二一整天都在忙着出货。

东京园艺在伊豆半岛各地拥有许多直接合作的温室。社长之所以劝优子选定伊吕村，是因为这里是卡车的必经之所，便于将其纳入合作温室链。如此一来，草门温室就不必担心在销售市场上被人杀价，也不用担心自家的植物与大阪直销的观叶植物或东京都内蔷薇园的蔷薇等产生不利竞争。作为交换条件，买卖的形式是：每月从总公司那里获取一张近乎配额协助性质的定额支票。

东京园艺载重量为三吨的卡车，每月肯定会过来两三次；每次载走五六十盆植物，根据季节的不同，有时甚至会达到上百盆；夏季则大都是观叶植物和兰花；廉价的大岩桐草等无法和田园调布附近的商品竞争，便用船运往沼津。这类植物都是先从花盆中将花木拔出，装箱打包后再由幸二开着两轮拖车运至港口。

卡车异常艰难地爬上斜坡来到草门温室门口。优子感到过意不去，便把逸平的意大利领带和英国皮鞋等物品赠送给司机，并每次都要夸张地述说一遍物品的来历。

每逢出货时，幸二总是会品味到一抹与自己精心栽培的花木作别的悲伤。拥有与芒草相似叶片的大花蕙兰，花姿给人以兰花特有的、突兀地飘浮在空中的梦幻感。那飘逸着淡紫色的花瓣和在黄底上散布着紫色斑点的花苞，无不让人觉得它们正在播撒一种罹患了病态美似的风情。外国的兰花或多或少全都给人以这样的感觉。

石斛兰浅红色的花朵，深邃处可见一抹浑厚的紫色，然而并无含羞隐耻之感，反倒把自己的羞赧毫不掩饰地展现出来了；夏威夷产的花烛属，拥有恍若塑胶花似的鲜红色彩和从中喷吐的、猫舌一般带刺儿的花蕊；浅黄色叶缘上嵌有斑点、拥有浓绿叶片的虎尾兰，其坚硬的叶质反而呈现出一种貌似海藻的纤弱风姿；橡皮树的改良品种，叶子硕大椭圆；凤梨属绿色中夹杂着黑色横纹的剽悍叶片；从长毛的细茎上生出光润叶片的繁茂的观叶竹……

它们就像是一群从幸二手中被警察拉走的冷漠而又淡定的娼妓，被并排摆放在肮脏的卡车上。幸二幻想着这些花和叶被播散开来并向社会渗透的情景。他难以想象出这个只拥有令人目眩的巨大构造、怪诞黝黑、形态复杂的社会，犹如在身体各处打上小小丝带一般，垂挂上这些花朵和枝叶以后的样子。花卉在那里只能起到滑稽画的作用。而这些花或叶，恐怕会像病菌一样，精明周到地向这个社会的功利性伤感、伪善、安宁的秩序、虚荣心、死亡、疾患……向这诸多的无聊之所播散开来并渗透进去。

卡车出货结束后，幸二将打包完毕的大岩桐草搬到两轮拖车上，为了赶上今天的末班船，匆匆开车向码头驶去。云层变厚了，起风了。

将货物装上船后，幸二站在岸壁上目送着船身。于是他注意到，停泊在岸边的几艘渔船的缆绳，正在发出比往常更为猛烈的悲鸣。然而脚下的岸壁却被太阳照得闪闪放光。西方的天空上，阳光正从厚重云翳的蓝色缝隙射向地面。那块并不宽广的晴朗天空，宛若一幅镶进画框的画卷，静浮着几片遥远的、发亮的云朵。那些云朵的形状，就像是诸多囚禁于石笼里的耀目之光……

——回来后，他发现定次郎正在那里忙得不亦乐乎。根据收音机广播，得知台风接近的速度要比预想快得多。两人做好彻夜不眠的思想准备。他们要开始一项麻烦的工作：把备好的宽大的胶合板斜钉到温室的窗框上，再往上面覆盖席子以保护玻璃。

自打发生昨夜那件事后，优子就回避着幸二，顽固地一言不发。她的这种态度时不时就会给繁忙的工作带来障碍。但是幸二仍然老老实实干得很欢。那副专心致志的样子，就像是一个无人顾及的孩子正在专注于某件事情。

与其说他在给自己的力气活寻找意义，莫如说他需要这种不受待见的状态。入夜后渐次吹来的风夹杂着雨点打在他的脸上。幸二坚持着这种心无旁骛默默无语的体力活，并为此感到心旷神怡。这才是所谓的"被赐予的工作"，能将囚犯从郁闷的宿命观中拯救出来的，正是这种工作。

夜深了。作业的进度要比预想的快。他开始着手最后的温室屋脊上的作业。他从架在那里的梯子顶端爬上屋脊，一边留意不要踩到玻璃，一边横跨在屋脊上，接住定次郎递上来的长胶合板。

这天夜里，为了温室的作业，室内的荧光灯全被点亮。这亮光赋予了庭院非比寻常的风情。空中厚重的云朵簇拥流过。幸二从自己的胯间，俯视着不受室外风雨的干扰、明亮静谧的温室内部的花草。花儿们全都在并未意识到自己正在为人注目的情况下，极为自我满足地静静地呼吸着夜晚的空气。幸二觉得这是他从未见过的情景。而且在无人的温室里，笼罩着一种由纹丝不动的五颜六色的花朵和团团簇拥的叶子酝酿出来的危机感。

幸二好像爬上桅杆的水手一般，一边快活地让自己遭受风雨击打的身子保持住平衡，一边以业已娴熟的手法依次钉着钉子。钉完一处后，他便稍稍挪开身体，马上去钉下一个钉子。铁锤的声音穿过微温的风依然清脆悦耳。稀疏的雨滴刚刚打到他的脸颊，转瞬间便远远遁去，滴落在远处的合欢树梢上。头上的苍穹令人感到庄严而激越。风儿将一种宏大的情感自由赐予幸二的心灵，仿佛刹那间便将某种语言吹往无尽的远方。他学着专业木匠的样子，把几根钉子含在嘴里。那铁的味道含有一种无法言喻的甘甜……他获得了令人恐惧的自由。

他看到穿着宽松长裤的优子，从正房的檐廊前走出并来到庭院里。他的自由在看到这个不开心的女主人时，立马萎靡了。此时早已过了夫妇俩往日的就寝时刻。优子的双手拎着貌似可口可乐的瓶子。好像是为了犒劳二人的劳作苦辛，这才走出屋来。她虽然依旧不与幸二搭话，但呼喊定次郎一人的声音却未免过大。那声音被风吹散，零零碎碎地传进幸二耳畔。

"辛苦了呀！休息一会儿如何？！有没有什么我可以帮上忙的？"

这时，优子随意缠在头上的丝巾，被突然刮来的风吹动，离开了优子的发际并高高飞起，落到幸二面前的玻璃屋顶上。幸二从屋顶上看到，就在丝巾飞离的同时，优子的头发刹那间火焰一般纠结在一起，而后又再度扩散开来，散发出一股美丽的野兽气息。

由于双手拎着瓶子，优子无法从风中夺回丝巾。她把瓶子放到温室门口，双手高举，半个脸颊被温室的灯光照成了青白色。那并无笑意的脸第一次转向幸二，企盼似的扬起脸来。

幸二伸出手去拾起丝巾。透明轻薄的黑色乔其纱上，手绘着四散的金色爬山虎。他立刻吐出嘴里的钉子，把它包在丝巾里当作压物石，喊道：

"我要丢下去啦！里面放了压物石，你把身子躲开！"

优子颔首，注视着幸二身体的动作。她以温馨的感激之情，在摇曳的灰色夜空下，眺望着青年顶风跨坐在温室的屋脊上，摆出一副投掷的姿势。

被卷作小小黑团的丝巾，落在温室前面的水泥地上。优子走上前去，恍若触摸一件眼生物件似的，战战兢兢地把手触放到纱巾上。随后便抖落掉钉子，捋了捋头发，并在白皙的下巴底下，把丝巾小心翼翼地系了个牢固的结。接着便站起身来向屋顶的幸二挥了挥手。

优子打昨夜以来第一次露出了微笑。穿着蓝色牛仔裤的幸二，腿恰到好处地伫立在玻璃屋顶的斜面上，身体则似乎被绑缚在了那里。那是优子任性的"和解信号"！

台风最终还是偏离西伊豆转向了他处。幸二与定次郎就是否要彻底拆除这些颇费周章才安装上去的防风板，进行了耗时良久的争论。结论是：在不遮住阳光的前提下，拆一半留一半。因为台风不知何时或许还会卷土重来。

数日后的一个下午，幸二要将优子一大早就吩咐下来的花送到泰泉寺去。他不知为何就是想见见那位和尚。这次去和尚照旧留他一起品尝香茗，将他让到蜜蜂照旧低声嗡鸣的后院檐廊下的坐垫上。

虽然从态度上看，觉仁和尚并无任何试探之意，但还是让幸二觉得：当他看到自己的面孔后，就已经从自己那明显睡眠不足的赤红眸子，抑或由焦躁引发的不淡定的快活劲儿上，窥探出了点什么。

自不待言，幸二什么都没说。他并不是为了说点什么才来到这里的。在那个狂风之夜，在与优子瞬间达成和解后，幸二回到了自己的房间。他感觉到氛围与以往相比发生了变化。相邻的十二铺席大的房间，在根本就未跟他打招呼的情况下，已经成为优子夫妇的寝室。是日夜晚因为疲劳过度，幸二睡了个好觉。可是第二天夜里却难以成眠了。想着"终归会习惯的吧"的他，甚至都习惯了那个污浊的浴池，那个三分钟一响的警铃。但不管怎样，习惯需要漫长的时间，而且一旦习惯形成，某件事便将明确地宣告终焉。

幸二难以向优子开口，说他要把卧室搬到楼下定次郎隔壁的房间去。为何？因为优子搬上来时根本就没和幸二打招呼。（显然是遵从了逸平的意志！）既然如此，就只能由幸二的自尊心来原封不动地护卫自己那六铺席大的小小城郭了。

不过，草门家这点小小的变化，翌日立马就传遍了村内的每个角落。因为打日工的女佣四处辗转相告，所有人都在为草门家终于演绎出这一奇妙的"家人"结局而喜气洋洋。他们愉悦于各种违背道德的猜测。几位有着残疾子女的母亲，都在期盼着草门家不久后能够生出丑陋的残疾孩子，而且要比整个伊吕村最残次的孩子还要醒人眼目。这种孩子无疑用不了多久就会出生吧？本来没人追赶，可那傻孩子却会在夕照下港口内已被染得半边通红的诸多油桶之间，东逃西窜地玩捉迷藏；像她们二十岁的儿子那样，成为那些年轻力壮渔夫的嘲笑对象；抑或在遭人勒索的情况下，仍然毫不气馁，一边淌着涎水，一边想要帮人装载货物吧……

和尚那日从妻子口中听到了流言，因此他立刻就知晓了此事。当时和尚刚刚做完法事归来，听到这个消息后，便一言不发地想要向两侧伸展开黑色法衣的袖子。因为他想起了《碧严录》中"云门却展两手"一语。

——幸二之所以能够感受到和尚对自己的温柔，是因为那抹柔情完全充溢在和尚令人心情愉悦的细小眸子中。和尚的样子已被幸二看得一清二楚——他正在心里琢磨着：自己能够给予幸二点什么呢？和尚那气色红润的脸上挂着酒窝，他极为谨慎而又怯怯地发问了。那是和尚想要从自己小小肖像画中逸出的信号。

"如果有帮得上忙的地方，无论什么我都会尽力而为的。也可以帮你出出主意！在我看来，你好像心事重重啊！有烦恼的话还是说出来好！灵魂这东西，你若是畏手畏脚，它就会窝在阴暗的角落里厌见阳光的。所以呀，如果不一直打开天窗，灵魂就会腐烂。就像容易腐坏的鲜海胆似的。"

幸二虽然心存感激，但还是对和尚在谈论人心和灵魂时所表现出来的这种过度的礼貌感到讶异。不过，和尚虽然彬彬有礼，却还是以谈论幸二罪过的语气，谈起灵魂的话题。

幸二觉得自己似乎在这一瞬间里，看清了和尚对待灵魂的拙劣手法，就好像一个手法并不娴熟的渔夫从鱼笼中抓出虾子一样。倘若和尚的手法再稍微娴熟一点，以貌似不理会幸二内在灵魂的样子凑近，他就应该能够在幸二并未察觉的一瞬间里，从幸二的心中巧妙地抓住灵魂的脖颈并把它揪出来。这样的话，不管幸二愿意与否，也只能将心事向和尚和盘托出了。

这颗光光的头颅、这张气色红润没有胡须的圆脸……它在木讷地述说并询问着此厢的灵魂。这一切都只能使幸二畏缩不前。

"为什么要讲灵魂之类呢？对付我这样的年轻人，难道就没有更高明的骗术吗？不提什么灵魂，谈谈阳具不是很好吗？"

和尚进一步对缄默不语的幸二说道：

"优子嘛，那可是一个了不起的女人……"

"是的。她当然了不起！"幸二迅疾打断道，"她是我的大恩人！但是在这个村子里，大约只有和尚您称赞过她吧！"

"这不挺好吗？我给打了保票啊！"

"我们都能去往极乐世界，是吧？"

谈话以这种拒绝的方式宣告结束。蜜蜂的嗡嗡声取代了沉默。其实幸二所期待的正是和尚爽快的呵斥，但这却成了一种强求之举。刚要踏入这位年轻人的灵魂门槛之际，和尚就战战兢兢地打了退堂鼓。幸二在此看到的，只是一种与世人对待前科犯时所采取的谨慎而又敬重的态度几无二致的举止。针对人们的客气态度，这个青年拥有误解的特权。对他来说，只有他自己特意做出"老实敦厚"的模样，才能被人们认为是真的客气和恭谨。对方已经使他顿失所望。

和尚并不十分清楚这突如其来的飞速变化。于是他暂退一步，准备以后再徐徐图之。这个青年笃定会有敞开心扉的一天，直率地寻求和尚指点迷津，并攀至同龄年轻人尚未企及的高度……

后院虽然处于炎热的夕晒下，却因流云不断，庭院屡屡被投下阴翳。此时幸二发现逸平夫妇正在缓缓走下对面的斜坡。刚好到了逸平散步的时刻。

幸二突然冒出想要躲开这对夫妇视野的冲动。如果逃进正殿，躲在挂着金线绽开了的织花锦缎幡的柱子后面，或是躲进被莲花柱头的栏杆围住的、即便在白天也显得昏暗的佛坛背阴处，他们肯定不会追到那里。于是幸二就可以永远躲藏起来。若能如此岂不快哉！

但是，夫妇俩却在可以俯瞰寺院厨房的地方突然停住了脚步。无奈，幸二只好从外廊边缘走下，来到院子里。然而夫妇二人并不是因为看见幸二才停住脚步的。他们遇见了刚好爬上通往草门温室斜坡的邮局局长夫人。夫人是位持有某流派教师执照的插花老师，在村中教授女孩儿插花，是温室的直销客户。

优子为了让夫人看花，打算折回温室。她这时才看到站在泰泉寺后院的幸二身影，便喊着他的名字说：

"真是太好啦！阿幸，今天就麻烦你去陪先生散步吧！"

这可真是一件奇妙的事。来到此地已逾一季，他还是第一次有机会与逸平二人单独长时间相处。再仔细一想，自打逸平心血来潮邀请打工的学生幸二到酒馆喝酒后，这是两人人生旅途中好不容易才得到的第二个机会。幸二不由得将那个酒馆的逸平与今日的逸平做了一番比较。

像他这类病人似乎在日落后散步为好。为此逸平总是喜欢日落时分戴着草帽出来遛弯。他对乡下宽广无垠的夜晚感到恐惧。散步时每每要停下脚步休息很久，故而颇费时间。

　　幸二接下了带着逸平散步的任务。二人将优子等人抛在身后开始走下坡路后，逸平的脸上浮现出一成不变的平和微笑。

　　在这令人眩晕的白昼中，幸二难以想象那令人辗转反侧的夜晚。为什么幸二在夜晚会拜这种面浮无力微笑的病人所赐，承受着重压？为什么白昼如此自由自在，可夜晚就会变得无法随心所欲呢？

　　在难以成眠的夜里，幸二的耳朵可以敏锐地捕捉到细微的声音。每当他隔着隔扇听到逸平低微的鼾声和同样难以成眠的优子时或发出的叹息声时，他的周身就恍若着了火似的。隔壁的十二铺席大的房间，就犹若深夜的温室。在透过玻璃屋顶射入的星光下，植物一直在起着微妙的化学反应。它们在似有若无地扭动身躯、落叶、绽蕾、散发出浓艳的香气，有的则挺立在那里渐渐腐烂下去。优子在翻身，麻棉被的翻滚发出夸张的呻吟；恍若萤火虫一般若有还无的叹息声；蚊帐的波动……终于有一次，优子呼唤了幸二的名字。幸二怀疑自己的耳朵出现了幻听，于是便轻声回复对方，呼唤了一下优子的名字。结果就像在黑暗中翘盼远方村落中的灯火一般，耳畔再次响起呼唤幸二的声音。此时，被噩梦魇住的逸平，发出了动物般的呻吟，"啊"的一声似乎就要翻身而起。于是一切就此打住……

　　——他们来到平地上。一大片绿油油的稻田和玉米田在随风摇曳。每当风儿吹过后，稻田就会翻转出柔和的白色叶背；而当云朵飘过后，又会呈现出茫然若失状。之后太阳再次绽出笑脸，将一条干燥的白色道路照得熠熠生辉。

幸二在心中自忖：为了让逸平明白自己的意思而缓慢清晰地发音，这会不会是一种徒劳之举？与其通过这种被限制的交流方式来传达意志，还不如让意欲使对方理解的努力把一切全都砸它个稀巴烂。幸二想说的话实在太多，想要让逸平明白的事情和自己想要知道的事情同样不胜枚举。应该毫无顾忌地畅所欲言才是！于是幸二突然涌起一股勇气。他要越过迄今为止一直难以翻越的栅栏，放肆地一吐为快。

"喂，我无论如何都无法理解你的做法。你为什么总是一边独自窃笑，一边专门干些折磨我和优子的勾当？我早就想问你了，你讨厌我是吧？嗯？是这样吧？如果是的话，你就应该像个男人，直接说出来呀！事情如果对你有利，你就轻而易举地听得懂，可对你不利时，你就拿疾病做幌子，故意装疯卖傻佯作不知，一直到它们烂下去。喂！是这样吧？"

幸二轻轻地拍了拍正在缓步行走的逸平的肩膀。逸平踉跄了一下，总算用拐杖支撑住身体，嘴边依旧透出那抹固执的微笑，轻轻地含义不明地摇了摇头。

如此快速喋喋不休了一番后，幸二的心情轻松了。而且心中甚至突然奇妙地涌出一股对待软弱朋友时故意表现得粗暴似的友情。

"难道不是这样吗？诶！你小子真是令人吃惊啊！我说的话你全都听懂了对吧？你小子真不是个东西！我从未见过比你更令人讨厌的家伙！"

于是逸平再次无力地摇了摇头。幸二感到扫兴，只觉得对方拒绝了自己这份粗暴的友情。而一旦说出口后，他便觉得应该表达的意思其实简单至极，并不需要费那么多口舌，一切尽在不言中。所有想要表达的意思，似乎一旦说出口来，反而会脆弱地崩坏掉。但是，幸二还是果敢地继续讲了下去。因为他觉得除了今天这个机会外，就再也找不到其他时间来跟这个死灰一般的男人说这些有人情味的话了。

"你本来是心怀怨恨的，对吧？你在生气，是吧？你既不愿见到我，每次见到我后，也都是在想着绝不能原谅我，对吧？然而，当我被招到这里时，却是很希望见到你呢！本来看到你会令我感到恐怖，可不知为什么，我还是想见到你。我希望能在你的身边度过一生。只有这样我才能够成为正常人。你明白吗？要想叫一个摔坏了玩具的小孩子真心后悔，就只能让他一直和那个坏了的玩具一起生活，绝不能再给他购买新的玩具。我觉得只有和你待在一起，我才能和被自己毁坏了的人生重修旧好地生活下去。你明白吗？"

逸平虽然一直保持着嘴角的微笑，眸子却不安地转动着。因为难以理解的内容摆在了他的面前，令他感到恐怖不安。

"这个男人的精神开始在找不到出口的迷宫里手足无措地挣扎了。"幸二想。

"他不明就里，只能听到外界的响声和敲门声。"

今天的逸平并未说出"累了"这样的话。他似乎想要摆脱幸二。只见他照例迈着机械性的步伐，孜孜不倦地前行，精力充沛地向前挪动左脚及拐杖，经过邮局门前，行走在直抵村社的那条宽广却尘埃弥漫的道路上。然而右脚却不听使唤，只是被动地跟随着左脚。

小小的石拱桥对面，就是四周被巨大的楠树和老杉树掩映着的村社正殿。那神社坐落在仅有的六阶石梯的上方，院落甚为逼仄。左侧近在咫尺的采石场的采石声打破了院内的静谧。那里出产质地优良的辉石安山岩。K石材公司将矿石开采出来后，主要是用船将其运往千叶县。在夏季日光暴烈之际，压缩机的声音也从未停歇过，为周遭的空气送去一种昆虫振翅般的微妙震感。

逸平终于坚持着走到这里后，便坐在神社拱桥低矮的石栏上。那里树荫浓密，既可看到神社院落，又可眺望采石场。逸平喜欢眺望石头被切割后的崩落景象。

"热！"

逸平说。

"可不！"幸二也说。

他把已被自己汗水濡脏了的毛巾摁在逸平泛起汗珠的额上。与刚才幸二拼命说出的那番话相比，只有这句话富有人情味。逸平拼命地将与人世的交流局限于这种简单的沟通，其他则一概拒绝。他会不会是想要单凭这一点来支配他人呢？

"你是想让银座的女人们看到你的这副德行吧？"幸二竭尽全力地继续说着恶毒的话。

"如果让她们看到你这条松松垮垮的土黄色裤子、这双运动鞋、这件土里土气的开襟衫、这顶草帽，大概全都会笑掉大牙吧！还有你这动不动就要往下流淌的口水！你到底是为了谁，才伪装成这副样子呢？优子说，你的行头全是根据你自己的喜好而定，和以往相比并未改变的，就是你对穿着过度讲究这一令人生厌的态度。你在扮演'罪'的角色，化身为罪的形态。如果说这是为了做给谁看，那就一定是优子和我咯！我真想剥掉你身上的这层假皮。使你变成今天的这副模样，原因决不在我！因为那是你自己的意愿啊！是这样吧？"

"意……愿？"

逸平绽着微笑，诧异似的问道。但是幸二对此充耳不闻。

"没错！就是你的意愿嘛！我渐渐明白了。你以莫须有的罪名威胁我们，而且还想让我们深信，那莫须有的东西对我们来说是不可或缺的。你干得很漂亮嘛！如果没有你，我和优子就不可能结合到一起。但只要你在，我和优子也不可能结合在一起。形成这种不可思议的关系，全都拜你费尽心机所赐！我们已经无法在不考虑罪过的情况下接吻。这种罪的想法已经把接吻的甜蜜化为乌有。你自处的功夫委实高明！你在等待真正的人类在你的脚前匍匐叩拜。这就是你翘盼已久的心愿，没错是吧？"

当幸二缓过神时，他发现逸平早已不再倾听，而是在石栏上躬着身躯，死死地盯着一只来到那里后便静止不动的天牛。他一动不动，犹豫着是否要用草帽扣住它。天牛也一动不动地停在树荫下冰冷的石头上。看上去逸平似乎正在等待某种外力来骤然缩短草帽和天牛间不变的距离。

幸二扯住逸平的衣领，把他拽了过来。逸平的身体失去重心，只有腰还稍稍贴在石栏上。萎靡的四肢摇摇摆摆，歪着头颅，专注地窥望着幸二的脸。

"喂！你听好了我说的话。不必摆出这么认真的表情来。你像平常那样笑笑看！"

幸二用左手的食指，轻轻地刮了刮逸平的下唇。那唇旋即张开,恍若模仿幸二笑靥上的口型一般,绽出他一贯的微笑形态。

"怎么样!你听好了啊!"幸二松开手,继续说道,"其实你本身目前的这种状态也未必毫无好处。你甚至觉得:如果全世界的人都能以自己为标杆,变成自己的这副样子,那才是对自己的真正救助!然而不管怎样你还活着!你虽然残废了,但毕竟还活着!所以呀,年轻时代的奢靡生活也好,藐视他人的艺术作品也好,无法收场的好色无度也好,目前的你,就是在上述生活体验之后正在度过一个美妙的休假罢了!一个绝对的休假!你总是向我们炫耀你那空洞而美妙的休假。你那藏匿心底多年的想法,现在可以公然夸示了!——'人嘛,实在是没有什么大不了的。……啊……啊……啊!'于是便口水四溢!你逐个地反问人类所重视的观念,并将其否定为毫无意义的东西。'意志?啊……啊……啊'你把灵魂的荒废完全当作自己的权利,还命令别人保护这一点。——嗯?那么大家也可以随心所欲、为所欲为了不是?这样的话,我又哪里不好了呢?你又憎恨我哪一点呢?你说说看!你说说看!你说说看!我不该在医院的前院捡起那柄扳手,是吗?那东西难道不是你察觉了我和优子幽会的地点后,预先放在那里的吗?嗯?你说说看!我到底哪里做错了?你说说看!"

此时,采石场内上身赤裸的工人们,为躲避落下的巨大石块,正在慌张地向两侧跑去。石块卷起沙尘,从崖上滚落下来。新鲜的截面在太阳的照射下闪闪放光,一直滚落到芋绵茂密的高高夏草丛中,这才笨拙地停止了滚动。白色的石粉薄薄地覆盖在那些工人汗水津津的健壮脊背上。

看到石块的崩落,逸平的脸上露出难以形容的幸福表情。他眼神恍惚，鼻子嗅到了这种小小的自然崩坏清晰无误的死亡味道，被太阳晒得微红的脸颊射出一抹光彩。逸平那一如既往的露齿的微笑，一瞬间里在幸二的眼中几近无瑕的美！

幸二自励似的继续侃侃而谈。他觉得自己如果闭上嘴巴，逸平的沉默就会使他的心灵失去重心。逸平根本就未领会他话语的含义，这一现实仿佛令人悚惧的深渊，只要一停下来就要面对它。

"说句老实话，我是这样想的。多亏了我用扳手狠狠地砸中了你的脑袋，这才使你如愿以偿，并使你找到了生存下去的借口。所谓的人生是什么？人生就是失语症！所谓的世界是什么？世界就是失语症！所谓的历史是什么？历史就是失语症！所谓的艺术呢？所谓的恋爱呢？所谓的政治呢？所有的一切全都是失语症——这样一来一切都合乎逻辑了。你以前一直在想的东西，在这里结出了完美的果实。

"但是，此种猜想是在以下前提下才产生的——你的躯体内大约只有理智还残存未坏，你就好像一个失去了表盘的钟表，只剩下机械还在滴答作响充满活力地正确运转着。

"但我知道：如今你的躯体内已经一无所有了。这就好像国王的死被秘而不宣，长时间不向国民发丧一样，其实真相早就被人嗅知了！

"草门家就是以你体内那个虚空的洞穴为中心建造的。只需想象一下一座在客厅的正中开出了一口深深空井的房子就可以了。一个空穴！一个几乎能够吞掉世界的巨大洞穴。你宝贝似的守护着它。不仅如此，你还动了这样的心思：想要巧妙地把我和优子安置在洞穴周围，进而构筑起一个任谁都无法想到的新'家庭'。一个以空井为中心的绝妙的理想家庭！当你把卧室搬到我的隔壁时，'家庭'的筹建终于接近尾声了。不久后便会出现三个空穴、三口空井，并由它们构筑起一个令旁人艳羡的和睦幸福之家。我也为之所惑，差一点就想伸出援手了！因为如果想做，事情极为简单。因为我俩大可舍弃烦恼，在自己的心中也凿出一个和你尺寸相同的洞穴。然后当着你的面，我和优子毫无苦恼地如同野兽嬉戏一般同衾共枕。这样一切就大功告成了！就在你的眼前，发出快乐的呻吟，翻云覆雨，最后鼾声大作坠入梦乡就是了！

"但是，我做不到！优子也做不到！你懂吗？恰如你之所料，因为我们害怕变成幸福的野兽，所以我们绝难做到！而令人讨厌的是：这些早就在你的意料之中。

"自打去瀑布野餐那时起，我就渐渐明白过味儿来。今天说这些事情的过程中，突然豁然明了了。优子在你的诱惑下，险些让你如愿以偿。可是优子毕竟做不到。你对此心知肚明！

"你到底在期盼着什么？明知不可能却还要诱惑我们。明知我们无处可逃却还要追赶过来。相比之下蜘蛛都比你强，因为它好歹还是要自己吐丝捕获猎物的，而你却吐不出自己空虚的丝来！你毫无付出！因为你想以空虚的本尊、空虚世界的神圣中心自居！

"你在期待什么？你说说看！期待什么？"

幸二的质问愈来愈迫切。他已经无法忍受这不被对方理解的自言自语了。他为无论如何都想要让逸平理解自己的提问感到焦虑。他已经成为原本就拥有的这种焦虑的俘虏。于是他那激越的语调萎靡下来，恢复了原本卑屈的询问语气。

"你想要，什么？嗯？你到底想怎样？"

逸平长时间沉默着。路上的碎石子一个又一个映出的影子，此刻正被从港湾西侧射来的夕照曳出长长的尾巴。俄顷，逸平的眼中沁出一层幸二从未见过的恍若箔纸一般轻薄的泪水。

"我要家……我想回，家。"

听到这孩子气的哀诉后，幸二觉得自己遭到了背叛，不禁怒火中烧。

"撒谎！你说实话！不说实话就不让你回家！"

逸平再次陷入漫长的沉默中，就那样斜坐在石栏上，目不转睛地望着耀眼的西方天际。因为想要表达的情感太多，故而逸平的眼睛比以往变得灵活了。与健康灵活的人的鲜活眼神不同，以往他的眼睛总是含有一种不比寻常的阴郁不安，但此刻眺望夕照时的目光却是完全安宁的。黑黑的眸子里坦诚地映照着熊熊燃烧的西方天际。西边的苍穹流动着淡黄色火焰。凝固了的云朵边缘，为黄色和鲜红的色彩所包裹。湾口对岸的海角，被尚未沉落的夕阳照射成一种不自然的亮绿色。湾口到这里的距离消失了。比这边的房屋稍稍秀美些许的船舶桅杆和碎冰塔等黑色的凸出物，看上去几乎就要与对面的海角连成一体。红色的映照恍若泼洒出来的墨水滴，波及到难以想象的远方，轻轻染红了天空高处云朵的片隅。这激越却又异样平静恢弘的夕照景致，被精妙地收纳于逸平静止不动的双眸里。这幅忧郁的微缩画卷，不单单是逸平的眸子，似乎还通过眸子蔓延并占据了其空白躯体内部的每一个角落。

逸平把拐杖换到右手，用好使的左手食指，在空中书写着什么文字类的东西。笔画不合情理，有些杂乱。幸二无论如何都难以追寻到他的指痕，难以追寻到他在空中描画的"透明文字"的痕迹。

"你说说看！"

此次幸二以医师般慎重温和的语气说道。

透过齿缝挤出的干巴巴的摩擦音颇含力度，这是平时逸平害怕说错时另类的回复习惯。他说道：

"死……我想死！"

二人踏上归途之际，看见优子正从稻田间的道路向他们走来。因为担心二人的迟迟不归，所以送走局长夫人后，她就顺便赶来迎接他们。

优子那背朝即将逝尽的夕阳款步趋近的影子，须臾间便移至逸平和幸二的脚下。因为穿着深蓝色浴衣，她的脸色看上去显得更加苍白。随着身姿的趋近，浓艳的口红愈发扎眼。

"够晚的呀！"

"因为我们聊了很多！"

幸二说。

"什么？'聊'？"

当时的优子斜迎着夕阳，连薄唇上的纹理都清晰可辨。她将薄唇飞快地咧向嘴角，几乎令口红闪烁出光芒，以故作惊讶的轻蔑语气说：

"到了傍晚天气凉爽，感觉真舒服啊！最近鸣叫的蝉，也是以日本夜蝉居多呀。反正是出来了，就再到海港那边去遛遛弯如何？当家的，你累了吗？"

对于优子针对自己的发问，逸平大都理解得很快。草帽下再度浮起以往的那抹微笑。帽子向左右缓缓摇晃着。

"那么，就慢慢走吧。辛苦你了！这回由我来引路。"

于是优子走在了中间，右手是逸平，左手是幸二，三人并肩而行。通往正西的道路不久后就会穿过县道，一直前行应该就会抵达港口。

"'辰已号'船员的家属们请注意，现在配给五天的米粮，请马上过来领取！"

从渔业公会的扩音器里传出的声音回荡在山麓间。这是人们早就听惯了的话语，往日里总是充耳不闻，但因休渔期即将结束，港边的所有渔船不久后就要出海，故而这次听来格外新鲜。松吉的船已经驶向北海道了。

对面的县道上腾起一片黄云样的东西。慵懒的震动声传进耳畔。驶过的巴士车体，半个车身都被这尘埃所遮蔽不见了踪影。空中的夕照渐渐褪去了色彩。太阳已经没入彼方的海角身后。面朝此侧的海角看上去一片黝黑。

优子在照顾逸平的同时，左手还时不时地和幸二的右手相碰。那触碰的感觉时而轻柔，时而甚至有些痛。到后来，优子的手指居然像在黑暗中一般，摆弄起幸二的手指来。先是轻轻握住，然后再松开。幸二窥视了一下优子的脸。只见她将面孔笔直地面向前方，侧脸上横陈着一道几近冷酷的控制情绪的棱线。对了，优子那瞬间握紧又旋即松开的手指上，蕴含着一种疲惫的痉挛似的气力。

幸二开口说道：

"我总是在想，我的人生该不会只是为他而生吧！"

"你说的他，是指逸平吗？"

优子以打岔似的口气反问。幸二当然是指逸平。

"是啊！"幸二低着头。他在暮色始降的白色道路上，恍若某种仪式似的模仿着逸平的脚步，一边紧盯着三人款款而行交错迈出的步伐，一边以厚重混沌的声音继续说道：

"迄今为止虽然发生了不少事，可结果呢，我活到今天，自己的行动还不全都是满足了他的所说所想？既然如此，今后也就只能这样活下去了吧？"

幸二尽量控制着自己，若无其事地说。可是优子对此所显示出来的直觉，却让幸二瞠目而视。优子的肩膀在微微战栗，接下来便突然把严峻的面孔转向幸二，描画似的注视着他下巴上绷紧的棱线。优子果然看穿了充溢在幸二这温和措辞中的暗黑而又厚重的实质。

幸二感到幸福，他在优子的这种直觉感受力中看到了爱的信号。若非如此，这种如此微妙、光速一般勉强可见、似有若无恍若蜘蛛丝一般的直觉，又怎能于一瞬间就将二人连接在一起呢？

在幸二话语中所显示出来的犹如暗光闪烁的矿物一般的实质面前，优子似乎多少有些畏缩。然而毫无疑问：根本无须幸二现在说出口来，这早就是二人之间心有灵犀的共通语言。优子照旧跟在逸平的身后亦步亦趋。长长的睫毛低垂，双眸紧闭。当她再度睁开眼时，远方夕照的余烬，点燃了优子眼中的火苗。

幸二承认：优子再也不是以前那个让人摸不着头脑且并不诚实的女人，而是变成了另一个女性。她已经成为一个生机勃勃、眼神中充满不可测力量的女人。她说道：

"是啊！你为此就应该那样生活下去呀，阿幸！我也会那样生活下去的。事到如今已经不能半途而废了呀！"

——来到港湾时，逸平自不必说，优子和幸二也都精疲力尽了。夕阳西沉，只有湾内水中细竹的叶尖还在闪烁着光辉。灯塔的灯已经点亮。那亮光扩散成扇形，照射着港湾和对岸的海角。在这广袤的光照范围里，虽然并不清晰，但停泊在那里的船体和对岸的储油罐，每隔两秒便会被闪闪的白光侵扰。

逸平凭依着石油桶，瘫了似的坐下。优子则蹲在他的身旁。只有幸二一人伫立在那里。三人在凉爽晚风的吹拂下，有意无意地眺望着昏黑对岸的景观。

"我们还没一起去过对岸呢。过几天就请定次郎划船带我们去一趟吧！去多拍几张照片！为了照相，虽然天气炎热，也还是白天去吧！"

优子说。

末　章

我原本就对祝福艺能兴致盎然，在大学里追随松山教授致力于这方面的研究。甚至还把毕业论文的题目，也自选为"祝词及祝词行业的研究"。

毕业后亦然，虽在某高中执教，却每逢假期，笃定先回母校，从松山教授那里获得收集题材的大致目标。采访之旅乃是最大的乐趣。可以说作为民俗学学生，真正的喜悦并不是在研究室里，而是在这种旅行的途中。

于是我便将一九六×年的暑假，用于前往伊豆半岛一带的采访之旅。所谓半岛，原本就像是一个囊括了五花八门民俗资料的口袋。那里有许多习俗传入、定型，并被传承下来。因此常会在意外的地点发现意外的民俗传说。伊豆各地普遍信仰道祖神。被称作塞神的诸多神明，其实就是防止恶鬼来袭、保护行路安全的道祖神。它们大都以整雕的石像出现，旨在阻挡从外地闯进的入侵者。也有如是有趣的习俗——每逢休渔期，小孩子们便会把那石像丢进海里借以戏弄神明，向神明复仇。同时，伊豆半岛还不可思议地残存着许多属于歌舞伎祝福舞蹈的"三番叟"。因此伊豆半岛实为调查祝福之歌是怎样存活于海村民俗的最佳处所。

我在西伊豆久里村参加过新造船只的下水仪式。按当地习俗，船主的年轻妻子或年轻的女儿要被人从新造的船上抛入水中（就此一种说法是：此仪式源于人的牺牲献祭）。在那里，我对他们吟唱的新船下水歌产生了兴趣，故而经人介绍，在下水仪式这天来到久里，目睹了这一罕见的习俗，聆听了村中老者吟唱的歌谣，在那里逗留了数日。然而那里的新船下水歌已经相当庸俗化，无法满足我的憧憬远古之念。

我从久里搭乘大巴沿海岸北上，抵达了下一个叫做伊吕的小渔村。在那里我并无人脉，所以只得向借宿的屋主说明自己的采访目的，询问他那里是否有精通古老歌谣的老者。房主说：他本人并不清楚，但与其交好的泰泉寺住持觉仁和尚对此等事颇有兴趣，若去见他大约可事半功倍。是日晚，我也太累，便在住处整理搜集到的资料，度过了那个夜晚。

第二天也是一个酷热的盛夏之日。吃过早饭后，我便趿拉着住处的木屐，在县道上信步而行。先是右转从邮局前走过，之后再左转，穿过了临济宗泰泉寺那古老的山门。院落里有大群的孩子在嬉戏。寺庙似乎已经数度改建过，虽如此，却仍然留存着应永年间古建筑的威仪。我请人引路，首次见到了觉仁和尚。

在逗留伊吕村的日子里，我被和尚的人格深深打动。在短暂的时光里，两人亲密无间促膝恳谈。和尚感叹村中年轻人对古老习俗日渐冷漠的现状。我的到来可能使他产生了得一知己之感。初次见面后，和尚便匆匆向我倾诉，说村社传承下来的船歌即将失传，并决定找来最后一位传承者为我吟诵此歌。我不禁大喜过望！

片刻后赶来的老渔夫实在是一位淳朴的老人。他先给我下了点毛毛雨，说由于最近身体不好，声调可能会走样。总而言之这大约是他最后的吟唱了！

村社的赛舟活动如今已经衰亡。但在十几年前，每逢十一月三日的例行庆典之日，备有十二支船橹的神幸船"明神号"就会被装饰得富丽堂皇，由成人社的人充当桨手，整日里在湾中迂回划行。船中央设有一个大约五平米的房间，由五位歌手哼唱船歌。歌毕，再由身着红装的舞者跳起猴舞。这恐怕是由"三番叟"演变过来的，约可视为残留于奥羽各地与"三番猿乐"这一曲艺形式相似之物。

被传承下来的，是以《御船歌》为首的十二支曲子。要在船上唱完这些歌谣，大约需要两天的时间。它们分别是《御船歌》《好帝》《神揃》《松揃》《樱揃》《淡路通》《若者揃》《小袖揃》《恋尽》《高砂》《四季歌枕》《花纹歌》这十二曲。而我得以一饱耳福的，只有被称作神歌的《御船歌》一曲而已。

在开唱之前，我得到了从半张发黄的纸上抄下歌词的机会。

"啊，可喜可贺呀！好开心！可喜可贺呀！"

如此开篇的歌词，属于随处可见的类型，并无多大特色。

"啊，可喜可贺呀——初春织物铠甲兮，尽已化作都樱；夏季水晶花儿兮，绽于泷水岚川；金色秋季莅临兮，无敌红叶锦川；冬雪皑皑银装兮，极目晴空万里……"

云云。

这些吟咏四季节气的章句，使我倏然想起《禁中千秋万岁歌》中的《滨出》。《滨出》中有如下章句：

啊！引人入胜的壑谷哟！
春季当选梅谷兮，鲜花簇簇！
杜松子之故里兮，花香扑鼻！
夏季当选扇谷兮，清爽怡人！
秋季当选露草兮，壑谷低吟！
冬季当选龟谷兮，瑞雪久离！

"滨出"这一曲名也曾出现在"幸若舞"中。幸若舞中的艺人"太夫"则源于"万岁"这一新年之际上门卖艺颂贺的民间艺能形式。上述歌词显然是在盛赞镰仓。

此外还有：

讨伐宿敌兮，扬我威名！利剑入鞘兮，箭纳囊里！

这些歌词使我想起了组舞《万岁讨敌》。然而威风凛凛力主复仇的主题刚一出现，就旋即变为安乐祝寿的诗句。

吟咏者再次为嗓音不佳而道歉，随后便开始悠然吟诵《御船歌》的最初一段。声音竟意想不到地美妙。虽然有些枯哑，但仍会使人联想到恬静海面上明亮的日光。

"啊，可喜可贺呀！好欢喜！"

他的歌每个音都拉得很长,接下来便是:

"啊——哈——嗯,可喜可贺呀——哈!开心哦!"

继而又吟咏道:

"嘿——哟——"

"嘿——!"

歌中不断出现打拍子似的音节。频繁出现的"欸"音引人注意。

他的发音,将"嘿——哟——,嫩枝也,嘿——好繁茂呀!"说成了"嘿——欸哟——,嫩啊——枝欸——也,嘿——,好欸繁茂呀欸!"。

将"老爷!"说成了"老啊——爷欸——哟——!"。

……

《御船歌》的搜集令我颇为满足,故而产生了暂居于这座村内,耐心挖掘已被湮灭的民俗资料之念。此后我便频频前往泰泉寺,一边与和尚闲聊,一边力求从其话语细微处探寻到可以获得更多资料的线索。

这是来到村中的第五个夜晚。我在寺中与和尚把盏对酌、东拉西扯的过程中,他突然提起一则插曲,将我的兴致引往意想不到的方向。它使我失去了研究学问的兴致,却对两年前发生在这个小村落的一桩事件充满好奇。

那是一名青年与他人妻子共同勒死女人丈夫的事件。其夫患有失语症。据说他的病症原本也是四年前由这位青年对其实施的伤害造成的。

我央求和尚,请他告诉我他所知道的所有细节。不可思议的是，和尚对这三人竟然给予相等的同情。尤其是那位名叫优子的女人，勾起我莫大的兴趣。她的形象也好，性格也罢，尽管和尚向我做了详尽描述，但我还是觉得模糊一团。浮现在眼前的，充其量也就是两片总是涂着深红口红的薄唇。这张难以捕捉的暧昧画像，对我而言就好像被埋没了的、古老而美丽的奇异民俗。按我的想象，这应该是一种被极秘密地传承下来的、如今即将断绝的美丽民俗。倘若前去收集，理应会有学问上的宝贵发现。

这时和尚终于吐口，说他有一张唯一的照片可以拿给我看。在他起身去打开手提箱时，我的心被混杂着期待和不安的情绪所袭扰。这是我们多次采访后获得的经验——语言传承和精神传承的搜集另当别论，而古旧图书类，在听完对方的自吹自擂后才终于看到的那些古文献，差不多全都会令你大失所望。因为它们大都是一些毫无价值的东西。我害怕优子的实物照片会背叛我的想象。

所幸我的担忧是杞人忧天。照片看上去似乎有些曝光过度，再加上三人都是一袭白裳，便使得画面未免发白，但却极为鲜明。首先是人物间那和睦的亲密感，给我留下了奇异的印象。中间身穿白色连衣裙的优子，手执折起的阳伞，笑态可掬。不精致却明媚的脸庞，在了解了事件之后看过去，反倒隐约可以窥出一抹古拙的悲愁。嘴唇虽薄但却艳丽。我为自己的幻想未遭背叛而窃喜，同时也彻底明白了和尚所言不虚。

照片是在悲剧发生的前一天，在幸二一如既往送花到寺里时，若无其事地交与和尚的。待事件发生后细想，大家无不认为：这其实原本就是一个具有暗示意义的礼物。就此留待后文赘述。

在和尚对我述说的那番话里，印象最深的，就是杀人后翌晨优子和幸二的样子。

早起的和尚一直有晨起后来到后院清扫院落的习惯。天空露出鱼肚白时，在通往草门温室的坡道上，传来有人走下坡路的脚步声。他不由得举目张望。通常草门家是不可能这么早就有人造访和尚的。

只见幸二与优子，手牵手地走下坡来。当时恰好东方的山脊升起一缕曙光。照在斜坡上的一天中最初的日光，将两人的身影映得熠熠生辉。他们的脸上写满了"幸福"二字，姿态与步伐自在轻盈。迄今为止和尚从未见过二人如此美丽。在尚存的清晨昆虫鸣叫声中，他们走在沾满露珠的湿润路上。二人走下坡道的身影，看上去就好似一对真正的新婚夫妇……

和尚本以为他们的来访目的是要告诉自己什么出乎意料的好消息。这种想法也情有可原。然而他们却是来拜托和尚陪他们前去自首的。

两人坦白说：昨天深夜他们用细绳勒死了逸平。而且幸二还强调说：他们是遵照逸平的托付才动手杀人的。和尚作证道：昨天中午时分，幸二曾过来送花以及三人的照片。这一点也可视为幸二并非临时起意而是受托杀人的伏笔。但是，直接证据自不必说，甚至找不到任何间接证据。因此受托杀人的申述未获认可。反倒是送给和尚的那张奇异的照片，被当成了预谋杀人的事实物证。幸二和优子被视为共犯。然而幸二有伤害受害人的前科，因此没有任何酌情处理从轻发落的余地，被判了死刑。优子则被判处无期徒刑。

后来幸二和优子分别从牢里寄信给和尚，恳求和尚将他们三人的坟墓建在一处。这个请求着实有些奇怪。但和尚却凭着直觉，洞察到这不情之请背后所隐藏着的无比哀切的愿望。作案前一天将照片交给和尚的真意或许就在于此。

但是，逸平的墓暂且不论，另外二人的墓要并建一处的要求遭到村内权威人士的极力反对。所以和尚只好静待时机来临。去年秋季，幸二终被处死。今年初春之际，和尚就按照他们的愿望，在业已建好的逸平坟冢左侧，修建了优子的活人墓。嗣后又在优子活人墓的左侧修建了幸二的坟冢。

我在和尚的引领下去参拜那三座奇异的坟，并经他允许拍下了照片。仿佛看透了我的心思，和尚若无其事地将下面这件事拜托于我。他说他尚未把坟墓的照片送给优子。因为若有可能，他本想亲自面交优子，但苦于一直没有机会，问我是否可以代其前往。我立刻应允下来。

由于这一原因，我那年夏天的采访之旅就这么无果而终了。因为自打和尚对我说出这件事后，心里边便老是转悠着与优子会面的事，再也无暇专注眼下的研究工作。

返回东京后，在暑假的天数所剩无几时，我终于决定，今天就到枥木监狱去面见优子。我搭上由浅草开往日光鬼怒川的东武线列车，于下午一点五十九分抵达了枥木车站。

那是一个秋老虎肆虐的日子。在车站正门古老的屋檐下，几只燕子正在忙碌地飞进飞出，看不到它们即将南归的迹象。天上的日光耀人眼目。飞翔的燕子，恍若被抛掷的石子一般，从眼前一掠而过，落在空旷的站前广场上的白色空白处。家家户户的屋檐都很低矮。右侧有一条通往商店街的宽敞道路。点缀于两侧的绿色行道树，看上去似乎营养不良。

与所有的地方城市无异，那里示威似的并排停放着几辆与景观并不相称的大型巴士。我按照和尚的指示，搭上了开往小山的公交车。

适逢周一，公交车载着寥寥可数的乘客，行驶在烈日当头、商铺多半闭店的商业街上。一家荞麦面馆的黑墙上，放置着栽有红色蔷薇的吊盆。街上人迹杳然。单调的日光悄无声息地落下，整条街道全都沉浸在令人不快的暑热中。大巴沿着这条道路一直行驶到尽头，在那里载上乘客后又按原路返回。在商店街中途的邮电局前左转后，驶入一条尚未铺筑的道路。

巴士拼命摇晃着。

"下一站监狱前，监狱前。有乘客下车吗？"

年轻的女售票员倏地瞄了我一眼后说道。我不禁为自己生出的羞赧和愧疚感而骇然。因为这种感觉，大约只有去女子监狱和女性亲属囚犯会面的人才会拥有。在这数周的时间里，尚未谋面的优子，已经深邃地占据了我的心田。

巴士驶过探出巨大封檐板的寺院般的法院、律师事务所和探监物品收物处后，在一座小石桥旁停了下来。于桥头右转，就有一条十米宽的私道直通监狱大门。私道两侧虽然种植着樱花行道树，却全都是一些幼嫩的小苗。一左一右分别是监狱长和部长的宿舍。另一侧则被大谷石的高墙所围裹。这里也是人迹杳然。

一下巴士，聒噪的群鸟争鸣声便不绝于耳。虽然看不到鸟儿的踪影，但似乎是麻雀。以法院的前院为首，周遭多为树龄颇高的老树。不仅如此，在众多房屋难以窥见的各个角落里，啼啭的鸟儿似乎还构筑了自己的巢穴。

我渐渐走近监狱正面，偌大的石门柱间，蓝色的牢门紧闭。貌似明治时代建筑的古旧正门封檐板格外显眼。唯有黑绿色的扁柏木梢从门后高高探出。我从右边的便门进入，向门卫警官说明了来意。

申请会面的手续，是在正面玄关里侧的总务科办理。从镶嵌着偌大铜制铁钉装饰片的玄关门柱旁穿过后，我来到了幽暗的室内。那里放置着展示柜，里面摆放着一众服刑人员制作的成品。有和服绦带扣、皮包、手套、领带、袜子、毛衣、罩衫等。

我在总务科的窗口要了一份会面申请书。在相关栏目里填写服刑人姓名、事由、与会面者的关系等时，忽然发现棚架一隅摆放着一个小小的花瓶，里面插着一枝漂亮的芙蓉花。监狱里有这种高雅的花，虽令人感到意外，却使我通过这朵花清晰地意识到：这里是一座清一色关押女囚的监狱，是一个精心挑选的烦恼之家，而优子就身居在这昏暗建筑的一隅。

我把那封用词恳切，写着"我是和尚的代理人，为感化计欲将坟墓的照片送与服刑人"等内容的和尚的书简（如今和尚是优子的监护人），附在申请书上递进了窗口。我被告知在会客室等候。

我再度来到令人目眩的室外，走进紧挨着房门内侧的小小会客室里。那里也没有人。因为备有麦茶，我便擦了擦汗，美美地喝了一杯。但是我的名字却一直未被叫到。

夏末的阳光里，周遭万籁俱寂。这座建筑物的深处，不像是麇集着很多的女人。我百无聊赖地看着贴在墙上的纸，上面写着这样的内容：

一、等候超过三十分钟者，请向接待人员洽询。

二、亲属或监护人以外的人员、未满十四岁者禁止会面。

三、请勿谈及申请表上所填事由之外的内容，禁止用外语交谈。

我产生了畏惧感，搞不好自己的会面申请会被驳回吧？我只不过是一个与优子素昧平生的代理人而已。会面时必定会禁止交付某些物品的。不过和尚曾和这里的监狱长见过一两次面，嗣后也经常有书信往来，按理说应该信誉颇佳。我在灼人的暑热中等候着。蝉声阵阵，诸多幻影在眼前交错闪烁，我只觉得自己似乎就要失去意识。

终于叫到了我的名字。

身穿白色短袖夏季便装和长裤的女看守，从相距数米远的小屋那涂着绿漆的门内走出，喊着我的名字。待我走近后，她低声快速地这样说道：

"您的会面，很多条件都不符合规定，不过还是下了特别许可。您能否先把坟墓的照片让我看一下？"

我拿出自己拍下的三座坟墓照片给她看。女看守简单地查验了一番后，说道：

"请您自己交给她！"

然后就带我走进了会见室。

会见室是一个仅有约六平米大的小房间。房屋中央摆放着一张靠近墙壁的桌子。为防止访客从下方空隙偷偷递送东西，桌腿部位钉着结实的木板。桌上还铺着白色塑料桌布。靠墙壁处摆放着紫茉莉插花，小小的花朵正在盎然盛开。墙上挂着月历和低俗的蔷薇框画类。洞开的窗户全都与古老建筑的墙壁相连，不透一丝风。桌子的两边各有两把椅子面对面摆着。我在桌子这边的近处坐下等候。看守则站在窗边。

房间里侧有一扇门。透明玻璃彼侧的深处很暗，恶作剧似的映出了我的脸孔。俄顷，耳畔传来嘎吱作响的开门声。一缕微弱的光射在门玻璃上。似乎门的对面还有另一扇通往里面的门。

那里浮现出一张白面孔。门猛地朝这边张开了大嘴。

在另一位女看守的陪伴下，优子穿着连衣裙似的蓝色短袖衣服出现在眼前。那是一件有着和服风格的衣领，下摆有褶的夏季便装。看到我的脸以后，她礼貌地跟我说了初次见面的寒暄话，之后便与看守一起坐在了我的对面。原先的那位看守依旧伫立在窗边。

我偷偷窥视着优子因沮丧而低垂的脸庞。那是一张着实平凡的脸。不甚精致的圆脸庞很胖，看上去似乎有些浮肿。经过细心护理的皮肤白皙细腻。而未擦口红的薄唇，却像一条硬线把脸的下半部划分开来了，使得面孔看上去有些卑恭，给人以眉毛稀疏松散，眼睑凹陷的感觉。头发一丝不乱地向上挽着，这就愈发加重了她那肥胖脸孔的分量。整个身躯略显松弛臃肿。自短袖中露出的手臂，给人以笨重之感。我得到的第一印象是：这个女人已经绝不年轻。

我取出照片，照着和尚的吩咐，将自己代理送交这张照片的原委述说了一遍。优子在我说话的过程中，依旧低垂着头颅，并不时地说着"谢谢您！"。她的声音也和我的幻想大相径庭。

优子终于伸出手来，拿起桌上的照片。她用手指支撑着照片的两端，弯着前胸，目不转睛地凝视着照片，眸子似乎就要落入照片中。她的凝视时间着实漫长，几令我担心看守会打断我们。

看过以后，她把照片放到桌上，又从远处以留恋的目光死死地注视着它。

"谢谢您！"优子说。

"这下我就放心了。可以安心干活了。请代我向和尚表达衷心的感谢！"

优子的声音时断时续。她从口袋里取出手帕，匆匆按到双眼上，这样说道：

"这么一来我就放心了。我们的关系真是很好啊！我们三人的关系真的好得很。甚至可以说再也没有比我们关系更好的了。您能理解吧？以前只有和尚理解我们。我说，您能理解吧！"

——片刻后，看守告知我们，会客结束的时间已到。优子泪眼婆娑不住地点头，把那张四寸照片放进口袋里。当她发现照片已被濡湿后，便将手帕持于手中。

我的耳边突然蝉噪如雨。优子站起身来对我深深地鞠了一躬，随后便走进看守打开的门里。透过玻璃，我仍可看到她那穿着蓝色便装的身影和后脖颈的发际。后脖颈的白色于一瞬间里，在摇晃的玻璃彼侧明显踌躇了一下。然而里面的门已被打开。待那扇门关闭以后，优子的身影便从我的视野中消失了。

一九六一年五月十六日

三岛由纪夫
獣の戯れ

图书在版编目（CIP）数据

兽之戏 /（日）三岛由纪夫著；帅松生译 . —上海：
上海译文出版社，2023.4
（三岛由纪夫作品系列）
ISBN 978 - 7 - 5327 - 9126 - 2

Ⅰ. ①兽… Ⅱ. ①三… ②帅… Ⅲ. ①中篇小说－日本－现代 Ⅳ. ① I313.45

中国国家版本馆 CIP 数据核字（2023）第 033326 号

兽之戏	［日］三岛由纪夫 著	出版统筹 赵武平
獣の戯れ	帅松生 译	责任编辑 许明珠
		装帧设计 柴昊洲

上海译文出版社有限公司出版、发行
网址：www.yiwen.com.cn
201101　上海市闵行区号景路159弄B座
上海信老印刷厂印刷

开本 890×1240　1/32　印张 4.5　插页 2　字数 76,000
2023 年 4 月第 1 版　2023 年 4 月第 1 次印刷

ISBN 978 - 7 - 5327 - 9126 - 2/I · 5669
定价：38.00 元

本书中文简体字专有出版权归本社独家所有，非经本社同意不得转载、摘编或复制
如有质量问题，请与承印厂质量科联系。T: 021-39907745